Simone Dark

Schwöre, dass du schweigst

SIMONE DARK

SCHWÖRE, DASS DU SCHWEIGST

EIN KRIMI AUS SÜDTIROL

DER DRITTE FALL FÜR MAGNABOSCO UND PASQUALINA

RAETIA

Gedruckt mit Unterstützung der Südtiroler Landesregierung,
Abteilung Deutsche Kultur

AUTONOME PROVINZ BOZEN SÜDTIROL
PROVINCIA AUTONOMA DI BOLZANO ALTO ADIGE
Deutsche Kultur

Sämtliche Figuren und Handlungen dieses Krimis sind frei erfunden. Alle Ähnlichkeiten mit Lebenden und Verstorbenen sind deshalb rein zufällig und nicht beabsichtigt.

1. Auflage

Projektleitung: Felix Obermair
Lektorat: Katharina Preindl
Korrektur: Helene Dorner
Umschlaggestaltung: Philipp Putzer, www.farbfabrik.it
Umschlagfotos:
Vorderseite: Dorothea Pomarolli, Tourismusverein Terlan
Rückseite: Alla Khananashvili, Shutterstock
Grafik und Druckvorstufe: Typoplus, Frangart
Printed in Europe

ISBN: 978-88-7283-859-4
ISBN E-Book: 978-88-7283-891-4

Unseren Gesamtkatalog finden Sie unter www.raetia.com.
Bei Fragen und Anregungen wenden Sie sich bitte an info@raetia.com.

Edition Raetia
verzichtet der Umwelt zuliebe
auf die Schutzfolie aus Plastik.

Prolog

„Liebe Agnes, meine allerliebste Agnes.

Mein Herz, nun ist es bald so weit. Hab noch ein paar Wochen Geduld, dann werde ich bei dir sein. Es dauert ganz sicher nicht mehr lange, das verspreche ich dir. Ich habe nur noch ein paar Dinge zu erledigen, dann werden wir uns wiedersehen. Es wird wundervoll und unbeschwert, sei dessen gewiss, liebste Agnes.

Natürlich will ich dich nicht auf die Folter spannen. Du sollst schließlich wissen, warum ich noch hier bin und dir noch nicht folgen konnte. Sie ist aufgetaucht, Magdalena ist hier. Ja, ich spreche von deiner Schwester. Die, die dich um dein Erbe betrogen hat. Die Magdalena, die sich bei deinen Eltern eingeschmeichelt und sie hintergangen hat, die es geschafft hat, dass all die Milliarden aus dem Erbe dieser grausamen Margarete Maultasch an sie weitergegeben wurden statt an dich, die du immer ehrlich warst. Dir hätte das Erbe zugestanden, du hättest es verdient, nicht sie!

Stell dir vor, liebste Agnes, was ich gehört habe: Magdalena will das Johanneum mit dem Geld kaufen und es in ein Mädcheninternat verwandeln. Und was geschieht mit dem Lehrer, den nun niemand mehr braucht? Man versetzt ihn auf seine alten Tage hinauf an den kalten Brenner. Dort, wo die Sonne keine Stunde am Tag scheint und der Schneefall schon im Juli wieder einsetzt, nachdem er im Mai aufgehört hat. Was soll ich denn dort oben? Wenn du wenigstens noch bei mir wärst, Agnes, und du diese letzten Jahre mit mir teilen könntest, dann wäre alles halb so schlimm und ich könnte sogar über diesen infamen Betrug deiner Schwester hinwegsehen.

Doch so ist es nicht. Du bist gegangen, weil du traurig warst, so unendlich traurig und gebrochen. Sie hat dich gebrochen. Sie hat dir die Liebe deiner Eltern geraubt, dich um sie betrogen, dir viel Geld gestohlen, dich belogen und Unglück über dich gebracht. Hätten wir sie doch nur vorher durchschaut, vielleicht hätte ich dann eine Wahl gehabt.

Es gibt nun keinen anderen Weg mehr, es muss sein. Ich werde Rache an Magdalena üben. Ich habe schon jemanden ins Auge gefasst, der dieses Unterfangen mit Leichtigkeit erledigen wird. Sobald es geschafft ist, bin ich bei dir, liebste Agnes. Für immer.

In ewiger und aufrichtiger Liebe,

dein Peter“

Kapitel 1
15. November 2000

„Wer war Margarete von Tirol-Görz?“

Er las die Zeile noch einmal.

„Wer war Margarete von Tirol-Görz?“

Was wollte der Alte eigentlich von ihm? Dass er Geschichtsbücher studierte und sich mit einer potthässlichen Gräfin aus dem 14. Jahrhundert beschäftigte, während seine Freunde Fußball spielten und Bier tranken? Georg atmete tief durch, hustete, die Erkältung hatte immer noch nicht nachgelassen. Der Kugelschreiber, den er gerade noch in der Hand gehalten hatte, flog bei dem Hustenanfall unter den Tisch. Er ließ ihn dort liegen und klappte das Heftchen zu, das sein Lehrer ihm nach der letzten Unterrichtsstunde fast schon feierlich überreicht hatte. Dann schmiss er es wütend gegen die Wand, es flatterte auf und landete auf dem Boden.

„Hast du die erste Frage beantwortet, bekommst du die nächste von mir. Ich werde dir insgesamt fünf Fragen zu Margarete Maultasch stellen. Damit helfe ich dir bei der Vorbereitung auf die Matura und du solltest diese Hilfe annehmen“, hatte sein Geschichtslehrer

Peter Schlosser ihm mit ernster Miene unterbreitet. Er selbst hatte nichts erwidert, nur das Heftchen in die Bauchtasche seines Hoodies gestopft und das Klassenzimmer verlassen. Hätte er die Wahl, würde er auf diese Hilfe verzichten, genau wie auf die Matura. Aber die Eltern wollten unbedingt, dass er die Schule abschloss, Widerrede war zwecklos. Also würde er den Deal eingehen, sich diese verstaubte Materie aneignen, seinen Lehrer zufriedenstellen und seinen Eltern keine Chance geben, ihn von seinem weiteren Lebensweg abzuhalten. Sobald er diesen Fetzen Papier mit der Aufschrift „Matura bestanden“ in den Händen hielt, konnte er sich endlich ein ordentliches Beil und eine Motorsäge kaufen und Waldarbeiter werden. Auf die Meinung seiner Eltern würde er ab dem Tag, an dem er seinen ersten Baum in den Wäldern um Meran fällen würde, schlicht pfeifen.

Er legte sich auf sein Bett. Mit dem rechten Fuß entledigte er sich seines linken Schuhs, mithilfe des linken Fußes schlüpfte er aus dem rechten. Ihm war heiß und kalt zugleich. Vielleicht sollte er doch noch einmal zu Schwester Christiane gehen und sich auf der Krankenstation pflegen lassen. Vielleicht würde sie ihn, wenn er einen ordentlichen Hustenanfall bekam, sogar vom Unterricht und dem Klassenausflug auf Schloss Tirol befreien. Eigentlich, dachte Georg, gab es keinen Grund, nicht zur Krankenstation zu gehen. Die Matratzen waren weicher, das Essen besser und man hatte, neben Christianes schützender Hand, vor allem eines: Ruhe vor den Mitschülern.

Es klopfte, er brummte: „Herein!"

Martin Hilber steckte den Kopf durch die Tür.

„Kommst du? Die warten schon alle. Schlosser will los."

„Nein. Ich bin krank", antwortete er.

„Komm schon, Georg, wir müssen wirklich los."

„Lass mich in Ruhe", entgegnete Georg, zog dann aber missmutig seine Schuhe wieder an. Er nahm den teuren MP3-Player, den er im Elektronikladen geklaut hatte, die Kopfhörer und das am Boden liegende Heftchen und verließ mit Martin das Zimmer. Zur Not würde er ihm seine Aufgaben unterschieben und dafür versprechen, ihn für den Rest des Schuljahres nicht mehr zu mobben. Dabei würde es ihm bestimmt fehlen, Hilber zu hänseln, einzuschüchtern und vor den Mitschülern bloßzustellen.

*

Der Weg nach Schloss Tirol oberhalb von Meran roch süßlich nach Kastanien, feuchtem Laub und dem nahenden Winter. Georg hatte keine Lust, mit der Klasse Schritt zu halten, und fiel weiter hinter seine Mitschüler zurück. Im Tunnel überkam ihn erneut ein Hustenanfall, das Echo dröhnte lauter als die Stimmen der Touristen, die den Herbstnachmittag damit verbrachten, das mittelalterliche Schloss zu besichtigen. Als er endlich den letzten Anstieg geschafft hatte, musste er sich kurz an das Geländer vor dem Schloss lehnen, so schwindlig war ihm.

„Dir geht's echt nicht gut", sagte Martin.

„Hör auf zu schleimen“, brummte Georg.

„Ich meine ja nur“, gab Martin zurück.

„Hast wohl Schiss, dich anzustecken“, entgegnete er und hustete, ohne die Hand vor den Mund zu halten.

„Ruhe bitte“, rief Schlosser, der Geschichtslehrer. „Los jetzt. Du auch, Martin.“

„Schloss Tirol ist etwa eintausend Jahre alt“, erklärte der junge Mann, der sich als David vorgestellt hatte und die Klasse durch die alten Gemäuer führte. „Um 1141 wurde das Schloss erbaut und von den ersten Tirolern, die wir kennen, bewohnt. Unter Meinhard II., dem Großvater von Margarete von Tirol, wurde es dann noch erweitert. Das Schloss wurde aufgrund der strategisch günstigen Lage hier gebaut. Außerdem war der Talkessel, den ihr hier unten seht, Sumpfgebiet.“

Georg sah sich um. Hinter ihm die riesigen, weißgrauen Wände von Schloss Tirol, der Residenzburg, in der so viele Grafen gelebt und regiert hatten. Unter ihm das nasse, kaputte Gras, das unter den heftigen Regenfällen der letzten Wochen gelitten hatte. Vor ihm der Meraner Talkessel, der Zenoberg, gegenüber die Gemeinde Schenna. Er atmete ein, die kalte Herbstluft reizte seine Schleimhäute und rief einen neuen Hustenanfall hervor. Die Sonne kam kurz hervor und blendete ihn, seine Augen tränten.

David führte die Gruppe hinauf zum Haupteingang des Schlosses. „Viele Männer buhlten übrigens um Margarete Maultasch, weil sie Tirol als Herrschaftsgebiet in die Ehe mitbrachte. Außerdem lag das

Schloss hier sehr günstig, nämlich am Transitweg von Österreich über den Reschen nach Italien, Margarete galt also praktisch als ‚der Schlüssel zum Süden'. Von hier oben konnte man gut Italienpolitik betreiben. Die Luxemburger, Habsburger und Wittelsbacher feilschten schon in ihrer Kindheit um sie. Gewonnen hat dann Johann von Luxemburg."

„Und das im Alter von acht Jahren", ergänzte Martin und rückte seine Brille zurecht. „Margarete war damals gerade mal zwölf."

Georg gähnte. Es hatte ihm gerade noch gefehlt, dass sein Klassenkamerad mal wieder den Streber heraushängen ließ und der Ausflug noch länger dauerte. Als die Klasse den Burggarten verließ, rempelte er Martin an, sodass dieser zur Seite stolperte und beinahe hinfiel.

„He", machte Martin, „was soll das?"

„Lass die Klugscheißerei", warnte Georg ihn. „Ich habe keine Lust, den ganzen Nachmittag in diesem Gemäuer zu verbringen."

„Entschuldige mal, aber ich finde diese Kinderhochzeiten echt krass. Die arme Margarete hatte von Anfang an ein ziemliches Scheißleben", gab Martin ihm zu bedenken.

„Ihr Problem", winkte Georg ab. „Los jetzt, je eher wir hier durch sind, desto besser."

„Wir stehen hier im sogenannten Tempel", erklärte der Schlossführer. „Erst war er die Schatzkammer, dann wurde er zur Rumpelkammer umfunktioniert."

Martin konnte sich ein Lachen nicht verkneifen, was Georg sofort mit einem kurzen Tritt vors Schienbein quittierte.

„Du hast dich jetzt genug eingeschleimt, oder?", raunte er so, dass nur Martin es hören konnte. „Wenn du so weitermachst, landet dein Kopf heute Abend in der Kloschüssel."

„Einige dieser Holzbalken hier stammen tatsächlich noch aus der ersten Bauphase. Um 1300 brannte das Schloss ab und musste dann mehrere Jahrzehnte lang renoviert werden. Wir gehen übrigens davon aus, dass Margarete ihre ersten Lebensjahre auf der Zenoburg und nicht hier auf Schloss Tirol verbrachte. Ab 1330 lebte sie dann mit Johann hier."

Georg sah hinauf zu den dicken Deckenbalken, die das Feuer in jenem schicksalhaften Jahr kohlschwarz gefärbt hatte. Endlich wurde diese Führung auch für ihn einigermaßen interessant. Er schloss die Augen und versuchte fasziniert, sich vorzustellen, welche Panik ausgebrochen war, als man den Rauch und die Hitze wahrgenommen hatte. Mit Holzeimern voller Wasser hatten die Bewohner versucht, der Flammen Herr zu werden, ohne Erfolg. Wie viele Menschen dabei wohl gestorben waren? Fast konnte er ihre verzweifelten Schreie und ihr Husten hören. Als er die Augen wieder öffnete, waren die Mitschüler bereits weitergegangen. Er hörte ihr Murmeln und schleppte sich ihnen langsam hinterher. Ihm schwindelte, er fröstelte und begann gleichzeitig, kalt zu schwitzen.

Die Gruppe blieb vor einem weißen Steinbogen, der in einen großen, lichtdurchfluteten Saal führte, stehen. Martin strich ehrfürchtig mit seinen Fingerspitzen über die eingemeißelten Tierkörper.

„Das ist das Palasportal", erklärte David nun. „Es entstand in der ersten großen Bauphase des Schlosses. Hier drinnen befindet sich der Rittersaal, wo alle Feste, Bankette und Verhandlungen stattfanden. Dieses Portal wird auch Machtportal genannt. Wir sehen einen Löwen und einen Widder, die den Gästen Furcht einflößen und ihnen zeigen sollten, wer der Herr im Hause ist. Links und rechts des Eingangs sind ein Mann und eine Frau eingemeißelt. Wir gehen davon aus, dass sie die Erbauer darstellen, die damit ihre absolute Macht und Herrschaft demonstrieren wollten."

„Absolute Macht und Herrschaft", wiederholte Georg stimmlos. Wie gut sich diese Worte anhörten. Er blickte ins Leere und stellte sich die bewaffneten Männer vor, die ihren Untertanen zeigten, dass sie nichts, aber auch gar nichts in diesem Schloss zu melden hatten.

„Diese Brigantine hier wurde unter dem Kettenhemd getragen. Im Jahr 1347 kam es zur Belagerung des Schlosses durch Karl IV., den Bruder Johanns. Das war eine Racheaktion, nachdem Margarete ihren Mann nicht mehr ins Schloss gelassen hatte. Wir gehen davon aus, dass dieses Kleidungsstück tatsächlich bei dem Kampf getragen wurde."

„Viel ist von dem ledernen Unterhemd ja nicht übrig", kommentierte Martin leise und sah sich ängstlich nach Georg um, der ihn sofort mit einem finsteren Blick ermahnte, still zu sein.

„Sicher Dutzende", antwortete Lehrer Schlosser mit verbissener Miene, „nur die Maultasch selbst nicht."

„Margarete Maultasch war zweimal verheiratet, einmal mit Johann von Luxemburg, später mit Markgraf Ludwig I. Bei ihrer zweiten Hochzeit trug sie einen Jungfernkranz, was bedeutete, dass die erste Hochzeit nie vollzogen wurde. Beide durften übrigens nur deshalb wieder heiraten, weil aus ihrer Ehe keine Kinder entstanden waren."

„Ich habe irgendwo gelesen, dass auch Johann wieder heiratete. Und dass er ein uneheliches Kind hatte", meldete sich Martin erneut zu Wort.

„Das stimmt", bestätigte der Schlossführer. „Aus Margaretes zweiter Ehe gingen übrigens drei Kinder hervor. Zwei Mädchen, die aber schon im Kindesalter an der Beulenpest starben, und Meinhard, der auch sehr jung verschied."

Schlosser bedankte sich bei David und führte die Klasse aus der Burg.

„Ihr habt jetzt noch eine Viertelstunde, dann gehen wir zur Bushaltestelle zurück", verkündete er. „Wir treffen uns unten an der Tabaktrafik."

Georg beobachtete Martin, der sich wie immer an die Fersen seines Lehrers heftete, um ihm möglichst viele Fragen zum Schloss und den damaligen Herrschern zu stellen. Er sollte Martin wirklich den Deal vorschlagen, den er sich ausgedacht hatte. Er selbst wollte einfach nur Waldarbeiter werden und dort sein

Leben verbringen, wo die wenigsten Menschen hinkamen. Dafür musste er weder Mathematik noch Philosophie und Bürgerkunde und ganz gewiss nicht das späte Mittelalter studieren. Langsam ging er zurück in Richtung des Weges, der nach Dorf Tirol hinunterführte. In der Bauchtasche seines Kapuzenpullovers hatte er noch immer das Heftchen mit der Frage, wer Margarete Maultasch gewesen war. Was sollte er denn darauf antworten? Er nahm es heraus, schlug es auf, starrte auf das Blatt, das mit Ausnahme der Frage leer war, und stopfte es wieder in die Tasche zurück. Nun, Martin würde sich über diese neue Aufgabe bestimmt freuen.

Kapitel 2
4. Dezember 2022

Filippo Magnabosco nahm das Puderdöschen aus dem Badezimmerschrank und verteilte den Inhalt auf Edoardos nacktem Hintern. Der Kleine gluckste belustigt, Magnabosco kitzelte ihn am Bauch, woraufhin Edoardo nach seinen Fingern schnappte und sie nicht mehr losließ. Edoardo war ein Findelkind; vor einigen Monaten hatte Magnaboscos Ex-Freundin Clara Chiocchetti das schreiende Bündel einfach vor seine Haustür gelegt und war ohne weitere Erklärungen getürmt. Nachdem Magnabosco den ersten Schock überwunden hatte und seine Lebensgefährtin Carmela Pasqualina sofort in die unerwartete Mutterrolle geschlüpft war, hatte er sich mit dem Gedanken angefreundet, nun der Ziehvater des kleinen Wonneproppens zu sein. Der Zorn auf Claras Verhalten war jedoch längst nicht verraucht.

Das Telefon vibrierte, Magnabosco befreite seine Finger, nahm das Smartphone vom Rand des Waschbeckens auf und meldete sich. Es war Nothdurfter, sein Vorgesetzter.

„Guten Tag, Magnabosco. Es tut mir leid, Sie am Sonntag zu stören, aber ich brauche Sie in Terlan auf Burg Neuhaus. Wir haben einen Skelettfund.“

„Wo?“

„Terlan, Magnabosco. Westlich von Bozen, im Etschtal. Kennen Sie eigentlich Ihre Heimat?“

„Natürlich kenne ich meine Heimat, aber Burg Neuhaus sagt mir beim besten Willen nichts.“

„Magnabosco, da hätten Sie im Geschichtsunterricht wohl besser mal Ihre Ohren gespitzt. Ich meine die Burgruine Neuhaus über Terlan, auch Burg Maultasch genannt. Klingelt es jetzt?“

Magnabosco brummte ein Ja ins Telefon und versuchte gleichzeitig, Edoardos Windel zu schließen.

„Wie auch immer“, fuhr Nothdurfter fort. „Zwei Spaziergängerinnen haben dort in einer Zisterne einen menschlichen Schädelknochen gefunden. Fahren Sie bitte hin und sehen Sie sich das Ganze an. Frau Pasqualina nehmen Sie am besten gleich mit. Sie ist doch bei Ihnen, schätze ich mal, oder?“

„Das geht Sie zwar nichts an, Herr Nothdurfter, aber ja, wir kommen gemeinsam. Ist die Spurensicherung schon da?“

„Natürlich, ich habe schon die ersten Bilder vom Fundort hereinbekommen.“

Magnabosco verabschiedete sich gereizt und legte auf. Etwas hastig fixierte er nun Edoardos Windel, zog ihm einen frischen Strampelanzug an und trug ihn zu Carmela.

„Wir müssen nach Terlan“, erklärte er ihr.

„Terlano? Was ist in Terlano? Gehen wir zum *mercatino di Natale*?“, fragte Carmela freudig überrascht. „Wir können *vin brulé* trinken.“

„Nein", entgegnete Magnabosco, „der Glühwein muss leider warten. In der Burgruine wurde ein Schädel gefunden."

„Oh", machte Carmela. „Nur der Kopf? Wo ist der Rest?"

„Mehr weiß ich auch nicht. Komm, bevor es dunkel wird", sagte Magnabosco und sah auf die Uhr. Es war drei Uhr nachmittags und er hatte keine Lust, bei Eiseskälte im Finstern durch eine Burgruine klettern zu müssen.

„*Va bene*, also geht Edoardo zur Nachbarin und wir gehen zum Burggespenst", beschloss Carmela.

„Schlossgespenst", verbesserte Magnabosco sie.

„Aber es ist eine Burg, nicht ein Schloss", erwiderte Carmela.

„Ja, aber es heißt Schlossgespenst."

„Ihr Deutschen seid so … ach, egal."

„Ich bin Südtiroler", maulte Magnabosco.

„Und du musst immer recht haben, immer korrigieren. Bei uns in Calabria ist alles nicht so *severo* … wie sagt man?"

„Streng!", nannte Magnabosco ihr das Wort mit gespielt finsterer Miene.

*

Filippo Magnabosco und Carmela Pasqualina fuhren auf den Parkplatz, der sich unterhalb der Burgruine kurz vor der Ortseinfahrt nach Terlan befand. Zwei Streifenwagen waren bereits vor Ort, einer der Beamten in Uniform kam direkt auf sie zu.

„Wir haben Frau Psenner im Wagen Platz nehmen lassen, oben in der Ruine war es einfach zu kalt. Ich fürchte, sie steht unter Schock."

Magnabosco bedankte sich und öffnete vorsichtig die linke Hintertür des Autos. Die junge Frau hatte auf dem Rücksitz Platz genommen und starrte ins Leere, erst nach einigen Sekunden blickte sie in Magnaboscos Gesicht. Sie war sehr blass.

„Hallo, Frau Psenner", begrüßte er sie freundlich. „Danke, dass Sie hier gewartet haben. Geht es denn einigermaßen? Wir werden Sie auch gleich heimbringen. Ich bitte Sie nur, mir genau zu erklären, wie Sie den Schädel gefunden haben."

„Na ja, meine Freundin und ich haben einfach nur einen Spaziergang gemacht. Wir wollten über dem Schacht mit dem Gitter ein Selfie machen. Mir ist dann das Handy aus der Hand gerutscht und durch die Gitterstäbe hindurch in die Zisterne gefallen", erklärte sie leise und atmete dabei immer wieder tief durch. „Wir haben eine Leiter gefunden, und das Gitter ließ sich zu zweit auch relativ leicht hochheben. Ich bin dann hinuntergestiegen, und als ich das Handy gefunden hatte, habe ich diesen grausigen Schädel gesehen. Ich bin erschrocken – mir ist immer noch ganz schlecht von dem Anblick."

„Das kann ich mir vorstellen. Haben Sie vorhin Handschuhe getragen?"

Sie nickte.

„Gut, ich frage nur wegen der Fingerabdrücke. Wohnen Sie hier in der Nähe?"

„Ja, gleich hier in Terlan."

„Geben Sie bitte meiner Kollegin Ihre Personalien, falls wir Sie noch mal brauchen. Wo ist eigentlich Ihre Freundin?"

„Sie hat es nicht ausgehalten und ist gegangen."

„Wie? Sie hat Sie einfach so allein gelassen?"

„Na ja, ihr geht es heute nicht so gut, sie hat Kopfschmerzen. Eigentlich sind wir an die frische Luft gegangen, damit sie sich etwas erholt. Ich habe ihr gesagt, dass sie heimgehen soll und ich hier warten würde. Ist ja eh nicht weit, gerade mal zehn Minuten zu Fuß von hier. Wir sind Nachbarinnen und gehen oft miteinander spazieren."

„Danke, dass Sie uns sofort gerufen haben, Frau Psenner. Wir melden uns in den kommenden Tagen noch einmal bei Ihnen, falls wir Fragen haben. Wie hieß noch gleich Ihre Freundin?"

„Natascha Delmonego."

Magnabosco bedankte sich bei ihr und bat einen der Beamten, sie nach Hause zu fahren.

Carmela und Magnabosco gingen langsam durch den kahlen Eichenwald und näherten sich Kehre um Kehre der Burgruine. Es dämmerte bereits, die Luft hier oben war eiskalt. Dennoch schwitzte Magnabosco in seiner Daunenjacke.

Inmitten des Burghofs befand sich die Zisterne, in der die beiden Freundinnen den Schädel gefunden hatten. Dr. Alfred Gruber, der Pathologe, stieg soeben in einem weißen Plastikanzug daraus hervor. Mit der linken Hand hielt er sich an der Aluminiumleiter fest. Den rechten Zeigefinger hatte er in die Augenhöhle gesteckt und streckte so Magnabosco den schmutzigen Schädel entgegen.

„Hier bitte“, sagte er. „Da unten sind noch die anderen Knochen, aber ich würde sagen, du siehst es dir erst mal selbst an. Und pass bitte auf, dass du mir nicht die Finger und Zehen zermalmst. Das Skelett muss schon einige Jahre da unten liegen. Die Viecher und das Wetter haben ganz schön daran genagt.“

Magnabosco nickte und sah nach unten in den dunklen Brunnenschacht.

„Ist nur etwa drei Meter tief und ziemlich trocken. Gut, dass es in den letzten Tagen nicht geregnet hat.“

Etwas ungelenk stieg Magnabosco auf die Leiter, die ein Beamter für ihn festhielt, und stieg vorsichtig Sprosse für Sprosse hinab. Der Boden unter seinen Füßen fühlte sich weich an. Er nahm sein Handy, aktivierte die Taschenlampenfunktion und leuchtete alles ab. Ein paar leere Plastikflaschen, Glasscherben, Kronkorken, benutzte Taschentücher, Laub und Holz lagen herum. Es roch modrig, nach kalter Nässe. Magnabosco hob vorsichtig etwas Braunes an, das er für einen Ast hielt, und stellte bei näherem Hinsehen fest, dass es sich um den Oberschenkelknochen handeln musste. Ein kalter Schauer überkam ihn, beinahe hätte er ihn vor Schreck wieder fallen lassen.

„Ich komme hoch. Das Skelett gehört dir, Alfred. Meinst du denn, du kannst feststellen, ob die Person ermordet wurde?“

„Ich werde mein Bestes geben, Filippo", rief er ihm zu. „Aber es wird dauern, das sage ich dir gleich."

Magnabosco ging zu Carmela, die in der Mitte des Innenhofs stand und sich umsah.

„Affascinante", bemerkte Carmela leise und lugte in den kleinen Keller hinein, der sich direkt unter dem Palas befand. „Wer weiß, wie sie damals hier gelebt haben."

„Uns geht es heute sicher besser, vor allem haben wir es wärmer", bemerkte Magnabosco nüchtern.

„Diese ganzen kleinen Zimmer, alles so verwinkelt. Hast du das Panorama gesehen? Und das Loch direkt neben dem Eingang? Ich habe reingeschaut. Ich glaube, dort lebt jemand. Überall lagen alte Kleider herum."

„Filippo", rief Gruber plötzlich, „ich habe hier etwas!"

Carmela und Magnabosco gingen schnellen Schritten zum Pathologen. Gruber hielt ihnen etwas hin, das früher wohl eine Halskette gewesen war. An einem einzelnen dünnen schwarzen Faden hing eine kleine Eule.

„Das lag unten im Schacht. Könnte der Person gehört haben."

Sie betrachteten den Anhänger, es handelte sich um silbernen Modeschmuck.

„Offenbar fliegen ja ständig irgendwelche Gegenstände in den Schacht. Kann auch sein, dass er gar nicht zu dem Skelett gehört", meinte Magnabosco. „Aber nimm ihn mal mit zur KTU, man kann ja nie wissen."

„Ich hatte auch einmal so eine Kette. Da war ich etwa fünfzehn Jahre alt. Ein Geschenk von meinem ersten Freund", erzählte Carmela.

„Wie lange wird die Person da unten gelegen haben?", fragte Magnabosco, ohne auf Carmelas Bemerkung einzugehen. „Ist doch wirklich seltsam, dass das niemand bemerkt hat. Ich meine, es stinkt doch, wenn jemand verwest."

„Na ja", meinte Gruber, „es sei denn, man sorgt dafür, dass die Leiche immer gut zugedeckt ist."

„Dann müsste also zumindest am Anfang alle paar Wochen jemand hergekommen sein, um immer wieder Laub und Erde hineinzuschaufeln."

„Jetzt lass mich das Skelett erst mal obduzieren", bat Gruber ihn. Dann nahm er die beiden Boxen, in denen er die Knochen gesammelt hatte, und verließ den Fundort.

Magnabosco setzte sich auf eine kleine Holzbank und dachte nach. Das Skelett war von einer Person, die vermutlich vor vielen Jahren gestorben war. Ob man sie hier in die Zisterne gestoßen hatte, war nicht sicher, vielleicht war der Fundort ja nicht einmal der Tatort. Hatte man sie lebendig dort unten begraben? Oder erst getötet und dann hineingeworfen, um sie dann immer wieder mit Erde und Laub abzudecken, bis sie vollständig verwest war? Hatte diese Person denn niemand vermisst? Magnabosco schüttelte ratlos den Kopf und dachte an das Halskettchen mit der Eule.

„Capo?", fragte Carmela vorsichtig und setzte sich neben ihn. „Was denkst du?"

„Ich hoffe, dass das Kettchen nicht von unserem Opfer stammt. Dann wäre es sehr jung gestorben."

„Alle, die ermordet werden, sterben zu früh", sagte Carmela leise.

„Dann lass uns gehen und für Gerechtigkeit sorgen", beschloss er, nahm Carmelas Hand und stieg mit ihr die Steinstufen hinunter zum Parkplatz.

Kapitel 3
17. November 2000

Peter Schlosser verließ das Lehrerzimmer. Seine Armbanduhr zeigte fünf nach drei, er hatte also noch Zeit für eine kurze Pause auf dem Schulhof, bevor er sich um die Unterrichtsvorbereitungen für den nächsten Tag kümmern musste. Er trat ins Freie und sah den Buben zu, die auf den Holzbänken saßen und laut lachten. Auch Georg Staffler war dabei.

„Georg, komm einen Moment zu mir, bitte", sprach er ihn an.

Georg sah zu ihm auf, dann erhob er sich. Der Junge war in den letzten Monaten zu einem Hünen herangewachsen, sicher war er inzwischen über eins neunzig groß und brachte an die einhundert Kilo auf die Waage. Besonders sportlich war er nicht, außer im Kugelstoßen, da erzielte er sehr viel bessere Ergebnisse als seine eher schmächtigen Klassenkameraden. Auch wusste er seine körperliche Größe gegenüber den anderen Jungs gezielt einzusetzen. Alle, das wusste Schlosser, fürchteten Georg Staffler und versuchten, ihn sich zum Freund zu machen. Schlosser mochte es nicht, wenn ein Schüler seine Macht gegenüber den anderen ausspielte. In der Schule war Georg schwach, trotzdem wollten seine Eltern, dass er maturierte. Regelmäßig bedrängten sie die Lehrer, Georg mehr zu fördern. Schlosser selbst zweifelte an der Sinnhaftigkeit des Unterfangens, aber irgendwie würde man ihn schon durch die Matura schleusen.

Georg stand vor ihm und wich seinem Blick aus.

„Das Heftchen mit den Fragen zu Margarete Maultasch – steht dort schon eine Antwort drin?"

Georg schüttelte den Kopf.

„Ich war krank."

„Jetzt scheint es dir aber besser zu gehen. Wir waren doch auf Schloss Tirol, dort müsstest du ja einiges von ihr erfahren haben. Immerhin hat sie dort gelebt und regiert."

„Und ihren Mann vor die Tür gesetzt", ergänzte Georg.

„Allerdings", bestätigte Schlosser. „Und wann war das?"

„Dreizehnhundertirgendwas."

„Im November 1341. Also vor fast 660 Jahren. Da hat sie abgewartet, dass Johann Heinrich von Luxemburg morgens zur Jagd reiten würde, um ihn dann abends vor verschlossenen Toren stehen zu lassen. Und das war keine Kurzschlussreaktion einer frustrierten Ehefrau, sondern ein abgekartetes Spiel. Sie hat alles von langer Hand geplant und es mit den anderen Adelsfamilien ausgemacht."

„Im Ernst?", lachte Georg. „Ich hoffe, der Johann hat ihr danach beigebracht, wer der Herr im Hause ist."

„Im Gegenteil, sie hat gleich wieder geheiratet“, erklärte Schlosser.

Er blickte an dem immer noch grinsenden Georg vorbei. Eine Frau, bekleidet mit einem dunklen Lodenmantel und einer Baskenmütze, betrat den Schulhof. Die Kaufinteressierte des Johanneums, hatte es in der Konferenz geheißen, sollte heute herumgeführt werden. Da war sie also, Agnes' Schwester, die Gräfin Magdalena von Edelstain, um das Johanneum zu kaufen, von Grund auf zu restaurieren und in ein modernes Mädchenheim zu verwandeln. Die Gerüchte um seine reiche Schwägerin waren also zur bitteren Wahrheit geworden.

Schon kamen der Schulleiter und der Heimleiter hinzu und begrüßten sie überschwänglich. Nun sah Schlosser das Gesicht seiner Schwägerin, so schön und ebenmäßig wie eh und je, auch jetzt, wo sie an die sechzig Jahre alt sein musste. Er selbst empfand ihr Gesicht als falsch. Schlossers Herz pochte vor Wut und Aufregung so heftig, dass er kurz ins Wanken geriet und Georg ihn erstaunt anblickte.

„Welch eine Ehre, Sie hier begrüßen zu dürfen, Gräfin von Edelstain“, sagte der Direktor laut und küsste der Dame im Lodenmantel die Hand. „Ich hätte mir nie geträumt, einer Erbin der Gräfin von Tirol-Görz einmal unsere Schule zeigen zu dürfen.“

Sie lächelte milde und bedankte sich für die Einladung.

„Nun, ich bin ja keine direkte Erbin, sondern nur eine Nachfahrin der Habsburger, denen Margarete kurz vor ihrem Tod ihr Hab und Gut überließ", stellte sie bescheiden fest und richtete ihre bordeauxrote Wollmütze. „Ich sehe mich vielmehr als ihre Verwalterin."

*

„Was habe *ich* damit zu tun?", fragte Martin Hilber und rückte seine Brille zurecht. Georg sah eine Schweißperle auf seiner Schläfe, die sich langsam zwischen den roten Rasierpickeln ihren Weg bis zum Kinn suchte. „Schlosser will doch, dass *du* die Matura schaffst. Ich kann doch nicht deine Aufgaben erledigen. Ich muss selbst pauken."

„Und ich habe keinen Bock auf Geschichte, schon gar nicht auf diese Maultasch. Außerdem will ich dir ein Angebot machen", antwortete Georg streng und drängte Martin weiter in die Ecke der Schultoilette. Martin tastete nach dem Spülkasten, um nicht das Gleichgewicht zu verlieren.

„Und das wäre?", stammelte er.

„Ich werde dich in Ruhe lassen. Das hast du dir doch immer gewünscht. Und ich lege noch einen drauf."

Martin sah ihn konsterniert an. Er schwitzte, schluckte und schwieg.

„Du stehst ab sofort unter meinem Schutz", erklärte Georg. „Also kein Mobbing mehr bis zur Matura. Klingt doch gut, oder? Immerhin warst du jetzt fünf Jahre lang das Opfer."

„Und ich soll dafür einfach nur Schlossers Fragen zu Margarete von Tirol-Görz beantworten?"

„Ganz genau. Aber natürlich musst du mir den Scheiß diktieren. Sonst merkt Schlosser es ja gleich."

„Ist gut", sagte Martin leise und wischte sich mit dem Ärmel seines Wollpullovers über die Stirn. „Dann komm, fangen wir am besten gleich an."

„Den Zeitpunkt bestimme ich, Hilber", korrigierte Georg ihn und drückte ihn, als wolle er seine Forderungen noch unterstreichen, gegen die Toilettenwand. „Und wehe, ich höre davon auf dem Schulhof. Dann bist du dran, aber so was von!"

*

„Margarete wurde 1318 als Tochter des Tiroler Landesfürsten und Herzogs von Kärnten Heinrich von Tirol-Görz und dessen zweiter Frau Adelheid von Braunschweig geboren. Schon in jungen Jahren wurde sie als einzige Erbin zum Spielball der Machtinteressen der wichtigsten Dynastiefamilien im Reich: der Luxemburger, Wittelsbacher und Habsburger. Mit zwölf Jahren wurde sie mit dem Sohn des Böhmenkönigs Johann von Luxemburg verheiratet, der vier Jahre jünger war. Die Kinder wuchsen gemeinsam in Schloss Tirol auf. Die beiden konnten einander nicht ausstehen, und so kam es im November 1341 zur unsanften und peinlichen Verstoßung des ungeliebten Gatten Johann Heinrich durch seine Frau Margarete. Bereits im Februar 1342 war sie wieder verheiratet – mit Ludwig von Brandenburg, dem Sohn Kaiser Ludwigs. Es kam zum Bruch mit der Kirche, die die Trennung nicht sanktionierte und daher die neue Ehe ebenso wenig als rechtmäßig anerkannte wie die Kinder aus dieser

Verbindung. Für Margarete und ihren Mann bedeutete dies ein Leben unter dem Bannfluch der Kirche, immerhin siebzehn Jahre lang. Die Bevölkerung des Landes war insofern ebenfalls von der Auseinandersetzung betroffen, als der Papst das Interdikt …"

„Was für ein Ding?", unterbrach Georg seinen Klassenkameraden und schüttelte das schmerzende Handgelenk.

„Das Verbot. Ein Interdikt ist ein Verbot. Also: … *als der Papst das Interdikt über Tirol verhängte, was bedeutete, dass jede kirchliche Handlung verboten war.*"[1]

„Pause", beschloss Georg und warf seinen Kugelschreiber auf den Schreibtisch. „Wir machen morgen weiter. Du kannst gehen, Martin."

Martin nickte. „Du solltest nicht vergessen, ins Heft zu schreiben, wo du das herhast."

Georg sah ihn an. „Was geht das den Schlosser an?"

„Glaub mir, er kennt die Bücher. Er kennt sie alle. Er lebt nur für die Schule und die Landesgeschichte."

---

1 Auszüge aus: Julia Hörmann-Thurn und Taxis: Margarete von Tirol und ihre Familie, in: Dies. (Hrsg.), *Margarete „Maultasch". Zur Lebenswelt einer Landesfürstin und anderer Tiroler Frauen des Mittelalters.* Universitätsverlag Wagner 2007.

Kapitel 4
6. Dezember 2022

Magnabosco grüßte kurz die Dame, die an ihrem Schreibtisch im Empfangszimmer der Bozner Pathologie saß. Sie lächelte freundlich und teilte ihm mit, dass Doktor Gruber ihn bereits im Autopsiesaal erwarte. Obwohl er seit mehr als zwei Jahren immer wieder herkam, ließ ihn das mulmige Gefühl in dem grünen Gang der Gerichtsmedizin nicht los. Er betrat kurz den Beobachtungsraum. Hier lagen zwei Tote unter gewölbten Leintüchern, ihre Köpfe, die gefalteten Hände und ihre Beine zeichneten sich ab. Es mussten alte Menschen sein, ihre Körper schienen Magnabosco sehr kurz. Ein Freund hatte ihm einmal erzählt, dass die Menschen beim Sterben in sich zusammenfielen, die Luft aus ihren Zellen wich und sie plötzlich sehr viel kleiner waren als noch zu Lebzeiten. Er blieb einen Moment stehen, sah auf die Totenscheine, die über die Identität der Verstorbenen Auskunft gaben. Magnabosco hielt kurz inne und betete für die beiden alten Frauen, die an diesem Morgen verstorben waren, dass ihre Seelen in Frieden ruhen mochten. Dann verließ er den Raum, wobei er die Tür leise hinter sich schloss.

Er trat wieder auf den Gang hinaus, wo er Gruber begegnete.

„Filippo, guten Tag. Geh nur rein, ich komme gleich. Ich muss nur noch eben an den Kühlschrank."

Magnabosco hörte das satte Klicken, als Gruber die Kühlzelle öffnete, dann ratterte ein Leichnam heraus und wenige Sekunden später wieder hinein.

„So, der Nächste bitte", bat Gruber ihn in den Saal.

Magnabosco betrachtete eingehend das Skelett, das der Pathologe Gruber fein säuberlich auf einem der stählernen Tische in der Gerichtsmedizin zusammengesetzt hatte. Die anderen Bahren waren leer.

„Du wirst mir doch hoffentlich nicht arbeitslos?", scherzte Magnabosco.

„Oh, nein, in der Adventszeit wird traditionell weniger gemordet. Warte mal den Januar ab, dann geht es sicher wieder los."

„Und, was hast du inzwischen Interessantes herausgefunden?", fragte Magnabosco und zog sich einen Einweghandschuh über. Dann griff er nach dem hellbraunen Schädelknochen.

„Liegen lassen!", befahl Gruber ihm streng. „Ich habe den ganzen Nachmittag gebraucht, um die Dame zu sortieren. Mir fehlen übrigens noch ein Wadenbein und der kleine Finger der rechten Hand. Ihr müsst also noch mal da runter."

„Die Dame? Eine Frau also?"

„Ja, eindeutig eine Frau, das haben mir ihre Beckenknochen verraten. Ich schätze, sie war um die sechzig, als sie gestorben ist."

„Kein Teenager also, dem das Kettchen gehört haben könnte“, stellte Magnabosco mit einer gewissen Erleichterung fest.

„Nein, bestimmt nicht. Ich habe übrigens diesen hier gefunden“, sagte Gruber dann und kramte in einer seiner Schreibtischschubladen. Er nahm ein Plastiktütchen heraus und reichte es Magnabosco. Es enthielt einen auffälligen Ring.

„Er hat eine Inschrift, ich konnte aber nur ein Wort entziffern. Es heißt ‚Angel‘.“

„Angel?“, wiederholte Magnabosco. „War sie mit einem Fischer verheiratet?“

„Das musst du herausfinden. Ich habe einen guten Freund von mir gefragt, er ist Kunstschätzer. Leider ist der Ring ein Duplikat. Das Original ist vermutlich noch sehr viel wertvoller.“

„Du sprichst in Rätseln, Alfred.“

„Dieses Stück ist seiner Machart nach wahrscheinlich die Replik eines Rings aus dem 14. Jahrhundert. Eine Nachahmung. Vermutlich trug das Opfer ihn aus emotionalen Gründen und hat das Original in einem Tresor versteckt.“

„Wer trägt heutzutage überhaupt noch so ein auffälliges Stück in der Öffentlichkeit?“, fragte Magnabosco.

Gruber zuckte mit den Schultern.

„Wohlhabende. Adlige vielleicht. Grafen, Fürsten oder deren Erben. Jedenfalls kein Normalsterblicher wie wir zwei.“

„Woran ist sie gestorben?“, erkundigte Magnabosco sich nun und drehte den Ring noch einmal herum, um seine Inschrift zu entziffern. Er konnte aber nichts erkennen.

„Ihre Schädelbasis ist zertrümmert. Da fehlt ein großes Stück. Sie muss sehr unglücklich auf den Hinterkopf gefallen oder gestoßen worden sein. Außerdem sind einige Knochen stärker beschädigt als die anderen. Aber dafür brauche ich noch ein wenig Zeit."

Magnabosco wollte sich gerade bedanken und Gruber noch einen schönen Tag wünschen, als er plötzlich von einem heftigen Niesanfall überwältigt wurde. Hektisch suchte er ein Taschentuch, doch Gruber drängte ihn zum Gehen, schließlich musste die Gerichtsmedizin steril bleiben. Magnabosco winkte ihm zu, nieste erneut und verließ dann das Gebäude in Richtung Parkplatz. Erst als er zu Hause war und seine Wohnungstür aufsperrte, bemerkte er, dass er aus Versehen den mittelalterlichen Ring in die Gesäßtasche seiner Jeans gesteckt hatte. Sofort nahm er ihn heraus und legte ihn in seine Nachttischschublade, um ihn nicht zu verlieren.

*

„Die Nonna hat angerufen", berichtete Carmela beim gemeinsamen Abendessen. „Sie will uns besuchen. Sie möchte so gerne den *mercatino di Bolzano* sehen."

„Zusammen mit weiteren fünf Millionen Landsleuten", brummte Magnabosco sarkastisch und steckte sich ein Stück Parmesan in den Mund. „Warum tut sie sich das an?"

„Für sie ist es schön. Bei uns in Calabria haben wir keinen *vin brulé* und keine Brezeln und keine Zelte ..."

„Zelte?“, fragte Magnabosco. „Wovon sprichst du?“

„Ach“, machte Carmela und winkte ab. „Nicht Zelte, *scusami*. Ich meine Zelten. Das Brot mit Obst drin.“

„Zelten, ja sicher, nein, die gibt es in Kalabrien nicht. Wann kommt die Nonna denn?“

„Morgen“, sagte Carmela erfreut. „Mit dem Nachtzug. Sie ist schon losgefahren.“

„Morgen?“, rief Magnabosco. „Und wo wird sie schlafen? Hier ist doch kein Platz für sie!“

„Ach, Filippo, das geht schon. Wir haben ein bequemes Schlafsofa, das wird für Nonna Maria sicher in Ordnung sein. Und sie wird sich auch um Edoardo kümmern, das hat sie mir versprochen.“

„Wie lange will sie denn bitte bleiben? Ein paar Tage?“

„*Non lo sa ancora*, sie weiß es noch nicht. Weißt du, seit der Nonno gestorben ist, ist sie zu Weihnachten so einsam. Sie braucht Abklingung.“

„Ablenkung. Nicht Abklingung. Gut, aber ich will nicht, dass sie anfängt, hier den Haushalt durcheinanderzubringen. Das musst du mir versprechen.“

„Aber Filippo … sie wird höchstens ein bisschen Ordnung machen. *Promesso!*“

*

Magnabosco drückte sacht das Gaspedal durch, dann stoppte er den Wagen abrupt. Die Autos im Kreisverkehr vor dem Bozner Zugbahnhof bewegten sich in Zeitlupe. Immer wieder liefen Touristen vor die Autos und zwischen den Stadtbussen hin und her, um so schnell wie möglich auf den Christkindlmarkt zu kommen. Eine gefühlte Unendlichkeit später konnte er endlich den Blinker setzen und an die rechte Seite fahren.

„Da steht sie!", rief Carmela aufgeregt. Schnell schnallte sie sich ab und hätte beim Aussteigen fast die Tür gegen ein Taxi geknallt, hätte Magnabosco sie nicht im letzten Moment zurückgerissen.

„Carmela!", jauchzte die kleine, etwas übergewichtige Dame, die mit einem schwarzen Pelzmantel bekleidet war, und bedeckte das Gesicht ihrer Enkelin mit schmatzenden Küssen.

„Nonna!", quiekte nun auch Carmela. Der Rest des süditalienischen Redeschwalls zwischen den beiden Frauen ging im Verkehrslärm unter. Als sie Minuten später noch immer keine Anstalten machten, ins Auto zu steigen, hupte Magnabosco und ließ die Scheibe herunter.

„Signorina Pasqualina, wir müssen zum Dienst! Das ist eine Anordnung."

„Ja, Capo", antwortete Carmela mit einem spitzbübischen Lächeln. „*Vieni*, Nonna, wir bringen dich nach Hause. Dann kannst du dich ausruhen."

Magnabosco stieg aus und hievte drei große Koffer, eine Kühlbox und zwei Plastiktüten in sein Auto, ließ die parfümierte Dame auf dem Rücksitz Platz nehmen und begab sich erneut in das vorweihnachtliche Verkehrschaos der Landeshauptstadt.

Kapitel 5
20. November 2000

„Lutz, lassen Sie mich bitte in der Ortsmitte aussteigen. Ich möchte noch ein paar Schritte zu Fuß gehen. Ich bin so selten hier in Schenna", bat Magdalena von Edelstain ihren Fahrer, der sie nun schon seit über zwanzig Jahren treu und zuverlässig an jeden Ort brachte, den sie bei ihren ständigen Reisen erreichen wollte. Ursprünglich hatte sie Ludwig Anrather für die Pflege des Gartens in ihrem Haus in Klagenfurt angestellt, doch als er ihr wieder und wieder anbot, sie zu ihren Terminen zu fahren, hatte Magdalena von Edelstain ihn schließlich zu ihrem persönlichen Chauffeur ernannt.

„In Ordnung, Gräfin", antwortete er freundlich und mit der üblichen Diskretion, ohne nachzufragen, warum sie bei fünf Grad minus und harschem Nordwind nicht bevorzugte, bis vor das Schlosstor gebracht zu werden.

„Ich fürchte, die meisten Restaurants werden geschlossen haben. Aber falls Sie doch eines finden, essen Sie bitte inzwischen zu Mittag. Die Rechnung geht auf mich."

„Aber …", wollte Lutz abwehren.

„Keine Widerrede. Es ist mir arg genug, dass Sie diese weite Fahrt mit mir machen müssen. Ab Nikolaus gebe ich Ihnen drei Wochen Urlaub, den haben Sie sich redlich verdient."

„Danke, Gräfin", sagte Lutz und fuhr einen Parkplatz oberhalb des Schenner Dorfzentrums an.

Magdalena von Edelstain ging ohne Eile an einigen kleinen Souvenirläden vorbei, genoss kurz den Ausblick auf den unteren Ortsteil Schennas, betrachtete die Vorgärten und die Auslagen in den wenigen Geschäften, die an diesem Montagmittag geöffnet waren. Der Duft von Krapfen und Würstchen mit Sauerkraut stieg ihr in die Nase, als sie am Raiffeisenplatz vorbeiging. Man hatte bereits einen kleinen Christkindlmarkt aufgebaut, ein paar Kinder spielten ausgelassen. Sie stieg die Anhöhe zum Schloss Schenna empor. Vorsichtig betrat sie die steinerne Brücke, die über den einstigen Wassergraben zum Schlosstor führte.

Es wurde sofort geöffnet. Da war er, der gute alte Freund. Sein Gesicht erhellte sich, als sie sich ihm näherte und ihm die zierliche Hand zum Handkuss reichte.

„Willkommen, liebe Magdalena. Welche Ehre, dich hier begrüßen zu dürfen. Ich hoffe, du hattest eine angenehme Reise? Von Klagenfurt nach Schenna ist es nun wirklich kein Katzensprung."

„Danke, mein Bester", sagte sie und zog den Schal ein wenig enger um den Hals. „Ich bin schon vor ein paar Tagen angereist. Es gibt einiges zu tun. Gut, dass du mich gleich empfangen konntest."

Er ließ sie eintreten und schloss das schwere Tor hinter sich.

„Setzen wir uns in den Rittersaal? Und darf ich dir vielleicht einen Kaffee anbieten? Meine Frau hat auch ein paar süße Krapfen gebacken, zur Stärkung."

„Allerliebst, ich danke dir. Leider kann ich nicht allzu lange bleiben. Ich habe noch eine weitere Verabredung."

Gemeinsam gingen sie durch die Waffenkammer des Schlosses. Magdalena von Edelstain sah sich nicht um – mit den Schwertern, Hellebarden, Kanonen und Schießgewehren des Erzherzogs Johann konnte sie nichts anfangen. Zu lieb war ihr der Frieden.

„Bitte setz dich doch", bot der Freund ihr einen der Stühle im prächtigen Rittersaal des Schlosses an. Liebevoll fuhr sie mit ihren Fingerkuppen über die geschnitzten Lehnen der Holzstühle, die um den ovalen Tisch standen. Sie blickte hinüber zu dem monumentalen Kachelofen, der mit den zwölf Sternzeichen, Planeten und Gottheiten aus der griechischen und römischen Mythologie verziert war.

„Einen Moment noch", bat sie und betrachtete jedes einzelne Porträt, das an den Wänden hing. „Ich sehe die Herrschaften nur mehr selten, da möchte ich einen Moment mit ihnen verweilen."

„Kaiser Maximilian I., sein Sohn Philipp der Schöne, verheiratet mit Johanna der Wahnsinnigen, dessen Sohn Kaiser Karl V. mit seinem Sohn Philipp von Spanien sowie dessen dritte Frau Elisabeth von Frankreich. Weiters Erzherzog Ferdinand von Tirol mit seiner ersten

Frau Philippine Welser aus Augsburg, die erste Bürgerliche im Hause Habsburg“, erklärte ihr Gastgeber leise, während Magdalena über die knarrenden Dielen schritt und jedes einzelne Abbild der ehemaligen Herrscher mit einem stillen Kopfnicken begrüßte. Zufrieden setzte sie sich auf einen der Stühle.

„Ich bin wegen des Erbes der Gräfin zu Tirol-Görz hier“, sagte sie und sah in das Gesicht des Schlossherrn. Er blickte sie erfreut an.

„Es ist viel Geld zusammengekommen, sehr viel Geld. Der Vermögensverwalter hat ganze Arbeit geleistet. Ich möchte, dass es gerecht an Margaretes Schlösser verteilt wird. Ich werde ja in wenigen Monaten sechzig Jahre alt und möchte mich dann aus dem Geschäftsleben zurückziehen. Ich finde, dies ist der richtige Zeitpunkt dafür. Außerdem möchte ich die Schule in Dorf Tirol kaufen, bevor sie im kommenden Jahr geschlossen und nicht weiter genutzt wird. Das Johanneum soll von Grund auf renoviert und zu einem Mädcheninternat umgestaltet werden. Zu Ehren Margaretes soll es dann ‚Margaretenheim‘ heißen.“

„Eine wundervolle Idee“, sagte der Freund. „Und Schloss Schenna möchtest du auch einen Teil davon schenken?“

Magdalena von Edelstain nickte. „Ich wünsche mir, dass das Vermögen in eine Sammlung zu Ehren Margaretes investiert wird. Meinst du, das ließe sich machen?“

Der Schlossherr nickte. „Dafür ist es auch höchste Zeit.“

„Lass uns noch ein paar Schritte gehen", meinte Magdalena von Edelstain und erhob sich. „Es ist zu kalt, um hier zu sitzen."

„Natürlich, liebe Magdalena", entgegnete er. „Es ist wirklich unmöglich, dieses Schloss zu beheizen. Selbst oben in den Wohnräumen haben wir es gerade einmal auf achtzehn Grad gebracht. Du kannst dir kaum vorstellen, wie sehr ich mich auf den Sommer freue."

„Bestimmt genauso sehr wie ich", lachte Magdalena von Edelstain. „Darf ich bitte das Tirolzimmer sehen?"

„Selbstverständlich, schließlich geht es ja um Margarete."

Sie ließen das Habsburger-Zimmer, Erzherzog Johanns Schlafgemach, hinter sich und betraten den Raum, in dem die Bilder der ehemaligen Tiroler Herrscher ausgestellt waren. Ehrfürchtig betrachtete Magdalena von Edelstain das kleine Bildnis der Margarete Maultasch.

„Ich frage mich so oft, warum man ihr noch immer nicht gerecht wird", sagte sie leise und berührte vorsichtig das Porträt. „Sie hat es doch gut gemeint. Nur war sie zu modern und ließ sich nichts gefallen. Was sie damals getan hat, ist doch heute für jede Frau gang und gäbe."

„Die Gerüchte halten sich hartnäckig", bestätigte ihr Begleiter. „Jeder kennt ihr vermeintliches Porträt, es wird ja nach wie vor in den Geschichtsbüchern abgedruckt. Wusstest du, dass es auf eine Karikatur von Leonardo da Vinci zurückgeht, der eine stilisiert hässliche Person zeichnete, aber Margarete wohl gar nicht kannte? Und sogar der Roman *Die hässliche Herzogin* ist noch überall käuflich. Hätte Feuchtwanger sich doch bloß einem anderen Thema gewidmet ..."

„Entweder wird sie bloßgestellt oder sie findet keine Erwähnung. Nun, wenn ihr Erbe jetzt an ihre Schlösser verteilt wird, ändern vielleicht einige die Meinung über sie. Es handelt sich immerhin um ..."

Der Freund hob abwehrend die Hand. „Ich möchte die Summe nicht wissen. Wenn du es für richtig hältst und in Margaretes Sinne handelst, dann freuen sich unser Schloss, Schenna und die Besucher über jede Lira."

Magdalena von Edelstain nickte verständnisvoll und rieb sich die kalten Hände.

„Auch unser Haus hat ein Geschenk für dich, liebe Magdalena", fuhr der Freund fort. „Bitte warte einen Moment hier bei Margarete, ich muss es nur eben aus dem Tresor holen."

Bevor Magdalena von Edelstain ihm widersprechen konnte, war er im Schreibzimmer des Erzherzogs verschwunden, wo all seine Erinnerungen und Instrumente in ihren Vitrinen lagen. Sie hörte seine Schritte, dann wurde der geheime Tresor geöffnet. Mit einem hallenden Klicken schloss er sich wieder.

Die Gräfin fasste sich an die Brust, als sie die kleine Schatulle aus rotem Samt in seiner Hand erkannte. Erschrocken starrte sie ihren Freund an und wich zurück.

„Nein, nein, gewiss nicht. Das kann ich nicht annehmen. Es wäre nicht richtig. Ich bin ja nicht einmal ihre wahre Erbin. Ich überbringe doch nur ..."

Der Freund legte vorsichtig das Geschenk in ihre zitternde Hand.

„Bitte nimm dieses Geschenk an. Es ist die Replik eines Ringes aus den Tagen von Margarete Maultasch. Das Original ist leider nicht mehr auffindbar. Ich habe eine Darstellung des Rings in einem Dokument gesehen und ihn so originalgetreu wie möglich anfertigen lassen."

„Aber nein, das geht doch nicht, das kann ich nicht annehmen ...", wehrte Magdalena von Edelstain ab.

„Ich weiß, du bist keine Blutsverwandte. Aber dein steter Einsatz, dieses Erbe wachsen zu lassen und es für die besten Zwecke einzusetzen, deine Großzügigkeit, deine Güte, allein dein Wissen um Margarete macht dich, Magdalena, zur einzigen Person, die diesen Ring tragen darf."

Langsam öffnete Magdalena von Edelstain die rote Schatulle und zog den goldenen Ring aus seiner Halterung. Sie hielt ihn gegen das Licht und las leise die Gravur.

„*Liebes langer Mangel ist meines Herzen Angel.* Wie schön, dieses Stück in den Händen zu halten. Bist du dir denn auch ganz sicher?"

Er nickte sanft. „Margarete selbst hat den originalen Ring wohl nie getragen. Er wurde aus einem Goldbarren, den sie den Habsburgern kurz vor Meinhards Tod überließ, gefertigt. Aber immerhin hat man sich an die Inschrift ihres Brautbechers erinnert."

„Welch eine wunderbare Idee von dir, ihn nachmachen zu lassen", sagte Magdalena von Edelstain. „Ich werde den Ring mit Demut und Freude tragen, das verspreche ich hiermit. Ich muss dich nun leider verlassen. Wie gern würde ich noch ein wenig hierbleiben."

Der Freund begleitete sie bis zum Burgtor, umarmte sie zum Abschied und winkte ihr noch hinterher, während sie mit beschwingten Schritten davonging. Magdalena steckte die Hand mit dem goldenen Ring in die Manteltasche. Wenige Sekunden später wurden ihre Finger wohlig warm.

Kapitel 6
7. Dezember 2022

Magnabosco vergewisserte sich noch einmal, dass er den Goldring auch wirklich in seiner Jackentasche verstaut hatte, und betrat die Gerichtsmedizin. Schon von Weitem hörte er Grubers Lachen, dann die Stimme einer jungen Frau. Sie kicherten.

„Magnabosco, hier sind wir“, rief Gruber aus dem rechten Obduktionsraum. „Immer herein in die gute Stube!“

Magnabosco folgte seinem Rufen, begrüßte ihn per Handschlag und wunderte sich, Carmela an seinem Schreibtisch sitzen zu sehen. Hatte er sich nicht gerade eben von ihr verabschiedet und sie nach Terlan zu Verena Psenner geschickt, damit sie sie noch einmal zum Skelettfund befragte? Und warum trug sie einen weißen Kittel?

„Filippo, das ist Pamela Biscotti aus Padua“, stellte Gruber ihm die unbekannte Kollegin vor, die den gleichen brünetten Zopf wie Carmela trug und ihn mit einem gewinnenden Lächeln begrüßte. „Sie ist Anthropologin und wird mir dabei helfen, das Gesicht unserer Toten wiederherzustellen. Sie hat ein spezielles Computerprogramm für die Gesichtsrekonstruktion dabei.

Bald werden wir wissen, wie die Tote vor genau zweiundzwanzig Jahren ausgesehen haben muss."

„Oh", sagte Magnabosco überrascht. „Äh, das äh …"

„Das freut ihn", erklärte Gruber. „Pamela kann übrigens fließend Deutsch, sie hat einige Jahre beim Landeskriminalamt in Deutschland gearbeitet."

„In Freiburg", erklärte Pamela in fließendem Badisch. „Des war ä super Zeit dort. I tät jederzeit wieder hingehe! So nedde Kollege, und alles hat funktioniert. Hier in Italie isch es zwar au schee, aber irgendwie halt ä weng chaotisch."

„Ja, äh, dann herzlich willkommen, Frau Biscotti, richtig?"

„Genau, Biscotti, wie die Weihnachtskeksle. Kann man sich ganz einfach merke."

Irritiert wandte sich Magnabosco an den Gerichtsmediziner. „Hättest du mir nicht Bescheid geben können?", fragte er ihn. „Ich meine, es ist ja toll, dass wir Hilfe bekommen. Aber wer hat das angeordnet?"

„Magnabosco, sei nicht so heikel. Nothdurfter hat mir seinen Segen gegeben und in drei bis vier Tagen hat unser Schädel endlich ein Gesicht. Sei doch froh. Der DNA-Abgleich ist übrigens auch vorhin hereingekommen. Wir haben es hier mit einer blaublütigen Dame zu tun."

„Eine Adlige? Und das kann man an der DNA feststellen?"

„War ein Scherz, Magnabosco, natürlich nicht. Aber es könnte tatsächlich sein, dass es sich hier um eine

Dame handelt, die 2001 in Klagenfurt als vermisst gemeldet wurde. In dem Jahr gab es dort fünfundzwanzig Vermisstenmeldungen. Eine der vermissten Personen soll nach Südtirol gereist und nie wieder zu Hause aufgetaucht sein. Man dachte dann aber, dass sie sich freiwillig zurückgezogen hat. Das war tatsächlich eine Gräfin aus dem Geschlecht der Habsburger. Stell dir das mal vor, wir haben hier wahrscheinlich eine Adlige liegen, und das in meinem Seziersaal", ereiferte sich Gruber. „Aber gib uns noch ein paar Tage Zeit, bis die Rekonstruktion fertig ist."

„Genau", sagte Pamela und drückte ihre Augen gegen das Mikroskop auf dem Schreibtisch, den Gruber ihr zur Verfügung gestellt hatte. „Dann habe mir Gewissheit. Ha, des wär doch ebbes, wenn jemand tatsächlich die Gräfin im Schloss ihrer Vorfahrin um die Eck gebracht hätt!"

„Sie meinen, es könnte sich um eine Nachfahrin der Maultasch handeln?"

„Hanoi, net direkt. Also die Maultasch hat ja gor kei Nachfahre ghabt, weil alle Kinder vor ihr gstorbe sind und sie koi Enkele ghabt hat. Aber sie hat ihre Ländereie ja an die Habsburger weitervererbt. Und des do aufm Tisch, des isch anscheinend eine!"

„Pamela, haben Sie eigentlich schon zu Mittag gegessen? Sie könnten mich und Magnabosco ja begleiten", sagte Gruber mit einem zuckersüßen Lächeln.

„Aber nur unter oiner Bedingung", antwortete Pamela mit schelmischer Miene.

„Die da wäre?", fragte Magnabosco, der sich nur schwerlich an ihren Dialekt gewöhnte.

„Ha, dass es Maultäschle gibt!", lachte Pamela.

*

Gegen die Mittagszeit klingelte Carmela bei Verena Psenner. Ein paar Sekunden vergingen, dann wurde die Tür geöffnet. Die junge Frau hatte das Mobiltelefon zwischen ihr rechtes Ohr und ihre Schulter geklemmt, sie sprach leise und eindringlich.

„Nein, ich habe keine Ahnung, wo er ist. Sein Handy ist aus. Nein, er hat auch keine Nachricht hinterlassen. Mama, ich muss Schluss machen. Ja, ich melde mich. Ja, versprochen, ciao ... ciao."

Sie schloss die Haustür hinter Carmela und bat sie in die Wohnküche. Es duftete nach Weihnachtsgebäck, durch die Filtermaschine tröpfelte Kaffee.

„Das war meine Mutter. Mein Freund Martin ... er ist weg. Ich habe keine Ahnung, wo er ist."

Carmela blickte sie nachdenklich an.

„Ihr Freund? Hatten Sie Streit? Ist etwas passiert?"

„Nein", antwortete Verena. „Ich habe ihm natürlich erzählt, was mir und Natascha oben auf der Burgruine passiert ist. Er ist ziemlich nervös geworden. Ich meine, mir ging es an dem Abend auch nicht gut, aber er wurde blass und ich glaube, ihm war auch ziemlich schlecht, dabei hatte er das Skelett ja nicht einmal gesehen. Wir haben uns dann hingelegt, am nächsten Morgen schien er sich wieder beruhigt zu haben. Er ist dann wie immer um halb acht zur Arbeit gefahren, wir haben uns noch ein oder zwei Nachrichten geschrieben. Gegen Mittag hat er dann meine Nachrichten auf WhatsApp nicht mehr gelesen und ist dann auch nicht mehr heimgekommen."

„Macht er so etwas öfter?", fragte Carmela. „Einfach so dich nix, mich nix verschwinden?"

„Nein, das hat er noch nie getan. Am Anfang war ich einfach nur sauer. Aber jetzt mache ich mir Sorgen. Ich weiß nicht, ob ich ihn als vermisst melden soll."

„Sind mehr als achtundvierzig Stunden vergangen?"

„Es war vorgestern Mittag, also ja. Es sind jetzt etwa fünfzig Stunden."

„Ist Natascha zu Hause?"

Verena schüttelte den Kopf.

„Sind die beiden befreundet?", hakte Carmela nach. „So wie Sie und Natascha?"

„Wir sind seit der Schulzeit eine Clique. Natascha, Martin, ich und … na ja, eigentlich auch der Jörgl. Aber mit ihm haben wir eigentlich keinen Kontakt mehr. Er war schon immer ein bisschen seltsam."

„Jörgele?"

„Ja, eigentlich heißt er Georg Staffler. Ach, vergessen Sie ihn einfach. Können Sie Martin bitte suchen? Ich mache mir wirklich Sorgen um ihn."

„Und Natascha? Machen Sie sich keine Sorgen um Natascha?"

„Natascha ist schon öfter mal einfach für ein paar Tage weggegangen. Seit sie achtzehn ist, hat sie manchmal solche Stimmungsschwankungen. Also depressive Phasen, da packt sie dann ihre Sachen und geht. Meistens kommt sie nach ein paar Tagen wieder und ist ein neuer Mensch."

„Wo geht sie dann hin?"

„Ich weiß es nicht genau, sie hat nur mal ihre Oma erwähnt, als sie zurückkam."

„Wo wohnt ihre Großmutter?", fragte Carmela.

„Das weiß ich nicht", sagte Verena.

„Sind Sie sicher, Frau Senner? Sie kennen Ihre Freundin schon so lange und wissen so wenig über sie?", fragte Carmela und betrachtete sie skeptisch.

„Psenner. Ja, weil ich respektiere, wenn Menschen bestimmte Dinge für sich behalten möchten. Natascha hat nie gerne über diese Phasen gesprochen. Ich bin aber immer für sie da, wenn sie es möchte, und das weiß sie."

„Gibt es einen Ort, wo Sie sich als Gruppe treffen? Eine Bar oder wo Sie manchmal zusammen spazieren oder wandern oder so …?"

„Seit wir in Terlan wohnen, gehen Natascha und ich oft auf der Margarethenpromenade spazieren. Und sonst treffen wir uns eher hier bei uns oder bei ihr", erklärte Verena. Sie atmete tief durch und hielt sich an einem der Küchenstühle fest. Plötzlich hatte sie Tränen in den Augen. „Ich habe solche Angst. Wenn Martin etwas passiert ist … was mache ich denn ohne ihn?"

„Er kommt bestimmt zurück, keine Angst", versuchte Carmela die verängstigte Frau zu beruhigen. „Wir finden ihn ganz bald. Aber bitte denken Sie nach, wo er sein könnte. Ich brauche bitte die Handynummer, damit wir sein Telefon orten können."

„Danke, Frau …“

„Pasqualina. Carmela Pasqualina. Ach, noch eine Frage. Deswegen war ich eigentlich hergekommen“, rief Carmela und schlug sich die flache Hand an die Stirn. „Kennen Sie dieses Kettchen?“ Sie zog den Eulenanhänger aus ihrer Tasche und gab ihn Verena.

„Hmm …“, überlegte Verena, „Natascha hat mal so einen zu Schulzeiten von ihrem Freund geschenkt bekommen.“

„Könnte es sein, dass sie ihn am Sonntag oben auf Burg Maultasch verloren hat?“

„Das halte ich für unwahrscheinlich, sie hat ihn schon lange nicht mehr. Zumindest habe ich ihn nicht mehr an ihr gesehen. Und das Ding sieht ja auch schon ziemlich vermodert aus …“

Carmela schloss sacht die Haustür hinter sich. Das Nachbarhaus, in dem Natascha Delmonego das Erdgeschoss bewohnte, lag bereits jetzt zur Mittagszeit im Schatten der rötlichen Berge, die hinter dem Dorf in die Höhe ragten. Vorsichtig drückte Carmela die Klinke der Gartenpforte hinunter. Sie öffnete sich mit einem leisen Quietschen. Sie ging um das kleine Mehrfamilienhaus herum. Natascha lebte vermutlich alleine, sie fand keine Spuren, die auf einen Partner schließen ließen. Ein Paar rote Gartenschuhe stand einsam neben der Terrassentür. Plötzlich hörte sie ein Geräusch, die Haustür schien geöffnet zu werden. Langsam bewegte Carmela sich in Richtung des vorderen Eingangs und konnte gerade noch die Turnschuhe von Verena

Psenner erkennen, die sie fünf Minuten vorher befragt hatte. Sie folgte ihr in die Küche, ihre Finger lagen griffbereit auf ihrer Dienstwaffe. Verena Psenner war gerade dabei, den Kühlschrank zu öffnen.

„Haben Sie Hunger?“, fragte Carmela laut. Ein kalter Geruch von Käse erfüllte den Raum.

Verena Psenner erschrak heftig und fuhr herum.

„Ich … ich wollte nur schauen, ob Natascha auch nichts Verderbliches im Kühlschrank hat. Wer weiß, wann sie wieder zurückkommt …“, stammelte sie.

„Sie haben also den Schlüssel zu ihrer Wohnung. Und Sie dürfen immer rein, wenn Sie wollen?“

Verena Psenner nickte. „Ja, wenn sie weg ist, kümmere ich mich um ihre Wohnung. Und andersherum auch.“

„Zeigen Sie mir die Wohnung bitte“, wies Carmela sie an. „Vielleicht finde ich Hinweise.“

Verena Psenner sah auf ihre Uhr.

„Ich muss jetzt leider gehen. Und ich meine, sie hat ja nichts getan. Sie ist einfach nur weg. Das ist kein Verbrechen, oder?“

„Nein, aber melden Sie es mir bitte, sobald sie wieder zurück ist.“

*

Magnabosco öffnete die Tür zu seiner Wohnung in der Bozner Pfarrhofstraße und tauchte in eine Duftwolke aus Basilikum, Knoblauch, gebratenem Fleisch und Tomaten ein. Er war zufrieden – die Identität der Toten war schon fast geklärt und nichts sprach dagegen, sich einen ruhigen Abend mit Carmela und ihrer lieben Großmutter zu gönnen. Er schlüpfte in seine ausgetretenen Hausschuhe und schlurfte voller Erwartung auf ein reichliches Abendessen in die Wohnküche. Die Nonna war gerade dabei, eine duftende Lasagne aus dem Ofen zu holen. Beim Anblick des geschmolzenen, noch blasenwerfenden Käses bekam Magnabosco Gänsehaut. Warum hatten sie Carmelas Oma nicht schon längst zu sich geholt? Warum hatte er sich nur so aufgeregt, als Carmela ihm ihren spontanen Besuch angekündigt hatte? Kurz kam ihm die Idee, nicht nur Edoardo offiziell zu adoptieren, sondern auch Nonna Maria.

Sie streifte sich die Hände an der Schürze ab, welche die Stickschrift *Maria, la Regina della Cucina* zierte. Wie wahr, diese Frau war tatsächlich die Königin seiner kleinen Einbauküche. Ohne Worte näherte er sich der alten Dame und drückte sie kurz. Gerührt tätschelte sie seine Wange und bat ihn, sich zu setzen.

Nun kam auch Carmela nach Hause, legte ihre Dienstwaffe in ein Schubfach der Kommode, hängte ihre Jacke auf und ging schnurstracks auf Magnabosco zu.

„Der Ring, her damit! Dottor Gruber braucht ihn", befahl sie ihm.

Magnabosco stutzte, dann fiel ihm ein, dass er ihn bei der Begegnung mit der Anthropologin aus Padua völlig vergessen hatte.

„Das ist ein wichtiges *indizio*, Filippo, wie kannst du das nur vergessen? Du bist so eine Schüssel!", rief sie, während sie seine Jacke fachkundig durchsuchte.

Dann erstattete sie ihrer Großmutter Bericht, während diese immense Lasagneportionen auf drei Teller verteilte.

„Schüssel?!", fragte Magnabosco.

„Wie sagt man *imbranato*?"

„Ach so", lachte Magnabosco nun, „ein Schussel, meinst du."

„Apropos Ring", sagte die Nonna, während sie Magnabosco noch einmal roten Tafelwein einschenkte und ihm den Brotkorb reichte. „Wann wollt ihr beide eigentlich heiraten? Und was macht ihr mit Edoardo? Wo ist seine *mamma*?"

„Heiraten?", stammelte Magnabosco und trank schnell sein Glas Wein aus. „Wir hatten eigentlich nicht vor ..."

„*Du* hattest nicht vor", berichtigte Carmela ihn, „mich hast du nie gefragt."

„Carmela ... *amore* ... Wir sind doch erst seit einem halben Jahr so richtig ..."

„Gut, also das ist dann wohl geklärt", beschloss Nonna Maria. „Und Edoardo? Ruf seine Mutter an, Filippo. Ihr müsst euch einigen."

Alle Gegenargumente waren zwecklos. Carmela versuchte, ihrer Großmutter den Abend zu schildern, als Clara das schreiende Bündel bei Magnabosco abgegeben hatte und geflüchtet war.

„Das ist mir egal. Das Kind hat ein Recht auf richtige Eltern", sagte Maria scharf. „Und wenn ihr es nicht tut, werde ich sie anrufen."

Kapitel 7
23. November 2000

„Georg, wie läuft's eigentlich mit Natascha?", fragte Martin, während er in seinem Rucksack nach dem Taschenbuch suchte, das er am Vormittag in der Schulbibliothek entliehen hatte.

„Es geht dich einen Scheiß an, wie es mit ihr läuft, Hilber!", fuhr Georg ihn an. „Komm mir jetzt nicht mit diesem Small Talk. Ich muss dem Schlosser die nächste Frage beantworten. Er hat schon dreimal nachgefragt. Und mach es kurz, ich habe nicht viel Zeit."

„Schon gut, ich habe ja nur gefragt ...", murmelte Martin und spürte schon wieder, wie ihm in Georgs Anwesenheit der Schweiß auf die Stirn trat.

„Wir sind keine Freunde, Hilber, merk dir das. Du bist mein Dienstleister und stehst dafür unter meinem Schutz. Und basta. Privates hat dich nicht zu interessieren. Also, warum nannte man Margarete von Tirol-Görz ‚die Maultasch'?"

Martin schlug die Seite des Taschenbuchs auf, auf der ein hellgelber Zettel klebte, und diktierte Georg eine Textpassage aus Feuchtwangers Werk *Die hässliche Herzogin*.

„Es war erstaunlich, wenn unter der platten, breiten Nase aus dem äffisch sich vorwulstenden Mund die Stimme herausdrang, schön, warm, erfüllt. Während sie sonst mit ihren Kenntnissen nicht zurückhielt und ohne Scheu redete, sang sie fast nie vor Fremden. Des Abends, unter Obstbäumen, allein, sang sie ihre Lieder, kunstvolle aus Italien, aus der Provence oder auch einfache deutsche, wie sie sie rings vom Volk hörte. Manchmal, selbst wenn sie allein war, brach sie mitteninne ab. Margarete beschaute sich im Spiegel. So also schaute eine Herzogin aus. Sie prüfte sich mit bitterem Scherz. Lass sehen! Augen und Stirn gingen an. Das Schlimmste war der Mund, dies überworfene Affenmaul. Dann waren die schlaffen Hängebacken ein arges Übel. Und der graue, fleckige Teint …"

Georg legte seinen Kugelschreiber beiseite und schüttelte sein Handgelenk, um es zu lockern.

„Klingt ja echt abartig. Die Alte muss ein richtiger Freak gewesen sein."

„Vielleicht war ja auch Feuchtwanger der Freak", gab Martin zu bedenken. „Er kann sie ja nicht gekannt haben. Der Mann hat im 20. Jahrhundert gelebt. Ich frag mich echt, wie er dazu kam, so über diese Frau zu schreiben."

Georg lehnte sich zurück. „Ich versteh auch nicht, was der Schlosser an der Tussi findet. Na ja, mir kann es ja gleich sein. Sind wir fertig? Ich habe noch ein Date."

„Mit Natascha?", fragte Martin neugierig und lächelte. „Ich muss noch suchen, ob ich nicht noch was über die Maultasch finde. Besonders viel hat unsere Bibliothek nicht zu bieten."

„Dann beeil dich, mit dem kurzen Text wird Schlosser sicher nicht zufrieden sein", blaffte Georg ihn an, nahm seine Jacke und verließ das Zimmer, ohne sich von Martin zu verabschieden.

*

Natascha lehnte an der Mauer, die den Weg hinunter zu Schloss Tirol von den kahlen Weinreben abgrenzte, und rauchte eine Zigarette, die sie ihrer Mutter geklaut hatte. Gelangweilt kickte sie einen Kieselstein davon. Es war kalt in Dorf Tirol, die Sonne hatte sich an diesem Novembernachmittag hinter den milchigen Wolken versteckt. Sie fröstelte, drückte die Zigarette an der Wand aus und rieb sich die roten Hände. Dann endlich kam Georg um die Ecke. Natascha blies den letzten Rauch aus und ging ihm langsam entgegen. Sie hatte so lange in der Kälte auf ihn gewartet, dass ihr die Lust auf das Treffen mit ihm eigentlich schon wieder vergangen war. Sie wollte einfach nur ins Warme.

„Na, Schnecke?", begrüßte er sie und versuchte, sie auf den Mund zu küssen.

Natascha wich zurück und sah sich um, in der Hoffnung, nicht die Bekannten ihrer Eltern oder Nachbarn zu entdecken. Schließlich hatte ihre Mutter sie eindringlich davor gewarnt, sich mit den Jungs aus dem Johanneum zu treffen, das sie ironischerweise immer noch mit dem alten Namen ‚Liebeswerk' bezeichnete. „Die Liebeswerkler sind nichts für dich“, hatte sie gesagt. „Und für die Jungs bist du eh viel zu jung.“

Natascha hatte nur die Augen verdreht und geantwortet, dass sie selbst entscheiden würde, wann sie für die Liebe bereit sei. Und wenn es keiner aus dem Johanneum sein durfte, dann würde sie sich erst recht mit einem von ihnen treffen. Dennoch hatte sie keine Lust, von den Erwachsenen aus dem Dorf bei ihren Eltern verpfiffen zu werden.

„Hi“, sagte sie leise und erwiderte Georgs Kuss dann doch. „Wo warst du? Ich warte schon eine halbe Stunde. Es ist saukalt …“

„Ich war noch bei Hilber. Der Streber hilft mir in Geschichte.“

„Hilber und du?“, lachte Natascha. „Wie passt das denn zusammen?!“

„Ich muss eine Sonderaufgabe für Schlosser machen, damit ich die Matura schaffe. Hilber hat mir seine Hilfe praktisch aufgedrängt. Das Thema Maultasch ist echt sein Ding.“

„Maultasch? Sieht ihm ähnlich“, antwortete Natascha. „Mit den eigenen Hausaufgaben hat er nicht genug.“

„Besser für mich. Ist übrigens echt eine krasse Kaiserin gewesen, diese Maultasch. Voll hässlich und wollte über alles bestimmen.“

„Gräfin meinst du.“

„Ist doch scheißegal“, gab Georg zurück. „Fang du nicht auch noch an zu klugscheißern. Hilber reicht mir völlig.“

„Musst ja deswegen nicht gleich ausrasten. Können wir bitte irgendwohin gehen? Mir ist kalt."

„Gehen wir runter zur Brunnenburg? Da ist im Moment niemand."

Natascha nickte und legte ihren Arm um Georgs Hüfte. Sein rechter Arm wog schwer auf ihrer Schulter.

„Stimmt es eigentlich, dass das Johanneum verkauft werden soll?", fragte Natascha. „Meine Eltern haben heute Morgen beim Frühstück davon geredet."

„Keine Ahnung", sagte Georg. „Und selbst wenn? In einem halben Jahr bin ich eh draußen."

„Wenn du die Matura schaffst …", ergänzte Natascha.

Georg ließ sie ruppig los und stellte sich vor sie.

„Sag mal, was habt ihr eigentlich alle für ein Problem mit diesem abgefuckten Schulabschluss?", schrie er. „Das ist doch wohl mein Problem! Ich will eh eine Lehre als Waldarbeiter machen. Die Matura könnt ihr euch in den Arsch reinschieben, ich pfeif drauf!"

Natascha wich erschrocken zurück. „Jetzt entspann dich mal. Lass uns über was anderes reden. Verena feiert am Wochenende Geburtstag. Gehen wir hin?"

Georg nickte. „Ich werde mir was einfallen lassen, wie ich aus dem Internat rauskomme. Wo steigt die Party denn?"

„Sie will in den Köhl'n Keller gehen. Ich fänd's aber cooler, wenn wir uns in der Ruine bei Terlan treffen. Dort lassen sie uns zumindest in Ruhe."

*

Schlosser betrat seine kleine Wohnung im Lehrertrakt des Johanneums. Sorgfältig öffnete er die Schnürsenkel seiner Lederschuhe und stellte sie in das Schuhregal, direkt neben die Stiefel, die seine Frau zuletzt getragen hatte. Eine Staubfussel fiel ihm auf, er entfernte sie mit den Fingerspitzen.

Es war ein furchtbarer Nachmittag gewesen. Die Schüler hatten ihm den letzten Nerv geraubt und im Lehrerkollegium war verkündet worden, dass der Verkauf des Johanneums wohl Anfang des nächsten Jahres über die Bühne gehen würde. Schlosser ging zur Anrichte und schenkte sich einen großzügigen Schluck Branntwein in ein Glas. Er nippte daran, die braune Flüssigkeit brannte wohlig in der Kehle. Nach einem kurzen Blick in den Kühlschrank beschloss er, das Abendessen im Kellerwirtshaus in Dorf Tirol einzunehmen. Dort, im Köhl'n Keller, kehrte er oft ein, wenn er sich einsam fühlte. Alleine würde er keinen Bissen hinunterbringen. Sein Schicksal war besiegelt – diese Erbschleicherin, der Direktor und der Geldverwalter der Diözese hatten dafür gerade einmal eine halbe Stunde gebraucht.

Schlosser versuchte, sich mit dem Vorabendprogramm im Fernsehen abzulenken, doch die Neuigkeiten des Tages ließen ihm keine Ruhe. Ausgerechnet an Magdalena Gräfin von Edelstain wurde die Schule verkauft, die in den erschlichenen Milliarden einer mittelalterlichen Gräfin schwamm. Der Direktor hatte angekündigt, dass diese Klasse die letzte ihrer Art sein würde. Die nachkommenden würden nach Meran geschickt. Das Johanneum würde man vollständig renovieren und dann in „Margaretenheim" umbenennen. Was für ein schrecklicher Name für das Internat, das solch kluge Männer hervorgebracht hatte! Mädchen würde man dort unterbringen, nur Mädchen, um aus ihnen ganzheitlich ausgebildete junge Frauen zu machen. Für ihn, den Geschichtslehrer, war da kein Platz mehr. Ein völlig neuer Lehrkörper sollte aufgebaut werden, der mit innovativen Unterrichtsstrategien die Schülerinnen auf eine erfolgreiche Zukunft vorbereitete.

Zwar bot man ihm eine andere Stelle an, doch diese würde er nicht annehmen. Was sollte er, der hier in Dorf Tirol geboren und aufgewachsen war, oben am kalten, grauen Brenner? Er brauchte sein Dorf, die Menschen hier, die Sonne, seine wenigen Freunde, die ihm geblieben waren, nachdem Agnes ihn für immer verlassen hatte. Hier hatte er ein gewisses Ansehen, man grüßte ihn auf der Straße und lud ihn dann und wann zu einem Glas Wein ein, wenn auch nur aus Mitleid. Was scherte es ihn, zumindest hatte er so ein wenig Gesellschaft. Diese, da war er sich sicher, würde er am Brenner vergebens suchen.

Schlosser schlüpfte wieder in seine Schuhe und verließ seine geheizte Wohnung, die ihre Wärme nach Agnes' Abschied nicht mehr zurückgewonnen hatte. Der Gedanke an sie schmerzte noch immer. Zwar zerriss er ihm nicht mehr das Herz wie noch vor wenigen Monaten, doch das Ziehen und Stechen spürte er deutlich, wenn er ihre Sachen sah. Warum hatte sie ihn nicht einfach mitgenommen? Nun, es würde nicht mehr lange dauern, dann wollte er Agnes folgen. Sein Beschluss, es seiner Frau gleichzutun, stand fest.

Den genauen Betrag des Erbes kannte er nicht, aber es handelte sich um viele Milliarden Lire – und zumindest die Hälfte davon hätte Agnes zugestanden. Viele hielten sie für eine grundgütige Dame, sehr sozial, nichts von dem Geld wolle sie für sich behalten und alles solle der Öffentlichkeit zugutekommen. Sie wolle es den Burgen und Schlössern schenken, in denen die Maultasch zu ihrer Zeit gelebt hatte. Für die Schule war es die letzte Rettung, hatte der Direktor gesagt. Vielleicht würde sie noch ein oder zwei Jahre bestehen bleiben, doch dann waren auch die letzten Reserven erschöpft. Bei diesen Worten hatte Schlosser kurz Hoffnung geschöpft, es fehlten ihm ja nur mehr zwei Jahre bis zum Ruhestand. Doch gleich danach hatte der Direktor gemeinsam mit dem Herrn von der Diözese beschlossen, Nägel mit Köpfen zu machen und der reichen Edelstain seine Schule, seinen einzigen Lebensinhalt, seine Seele, zu verkaufen.

Kapitel 8
10. Dezember 2022

Magnabosco schnippte sich eine Schneeflocke von seiner Nase. Vor ihm lag der einsame Waltherplatz, bedeckt von einer zentimeterdicken Schneeschicht. Die vielen Touristen, die sonst hier Glühwein tranken und Knödel an kleinen Stehtischen aßen, hatten sich in ihre Hotels zurückgezogen, die Einheimischen mieden die Innenstadt bei Schneefall tunlichst. Magnabosco ging an einem der Wirtshäuser am Platz vorbei. Der Besitzer war gerade damit beschäftigt, den Schnee von dem Dach des Zeltes zu schubsen, das sie provisorisch vor der Bar aufgestellt hatten, um die hungrigen Gäste zu verköstigen.

„Achtung!“, rief er, doch Magnabosco war zu sehr damit beschäftigt, Carmelas Sprachnachrichten abzuhören. Als er zur Seite hechten wollte, war es bereits zu spät: Die weiße Ladung landete mit einem dumpfen Geräusch auf seinem Kopf. Erschrocken schüttelte er den Schnee ab, der sich sofort seinen Weg unter die Jacke bahnte und ihm dort eiskalt über den Rücken rutschte.

„Oschtia, Verzeihung!“, rief der Mann ihm zu und hob beschwichtigend die Hand.

Magnabosco fluchte und suchte nach seinem Handy, das ihm aus der Hand geflogen war. Als er es aufhob, klebte Ponymist daran.

„Magst dich aufwärmen?", bot der Wirt ihm an.

„Ja, und das Handy sauber machen. Das Ding riecht nach Pferdestall", sagte er naserümpfend und folgte ihm ins Innere des Restaurants. Nur ein paar Einheimische saßen dort und unterhielten sich leise.

„Dass es hier in der Stadt einmal schneit", wunderte sich der Wirt, während der Espresso dickflüssig in die kleine Tasse floss. „Magst ein wenig Grappa dazu?"

„Aber nicht zu viel davon, ich bin im Dienst", antwortete Magnabosco.

„Keine Sorge. Nur so viel, dass dir wieder warm wird. Und bitte entschuldige wegen dem Schnee. Ich habe anscheinend nicht laut genug gerufen."

„Passt schon", antwortete Magnabosco und stürzte den bitteren Kaffee hinunter. Er brannte in der Kehle, sofort wurde ihm warm. „Noch einen. Der tut richtig gut", verlangte er.

„Wo arbeitest du?", fragte der Wirt.

„Polizia di Stato", verriet Magnabosco ihm, nachdem er den zweiten Espresso corretto getrunken hatte.

„Aha", machte der Wirt und stellte zwei Schnapsgläser auf den Tresen. „Dann ermittelst du bestimmt in diesem Fall hier, oder?"

Die Tote von Terlan, las Magnabosco.

„Terlan. Eine gruselige Adventszeit erlebt die kleine Gemeinde im Etschtal, nachdem zwei Spaziergängerinnen am

2. Adventsonntag durch Zufall ein Skelett in der Burg Neuhaus, besser bekannt als Ruine Maultasch, entdeckten.

Wie bisher bekannt wurde, handelt es sich um die menschlichen Überreste einer Frau mittleren Alters, die bereits vor über 20 Jahren verstorben sein muss. Ihre Knochen wurden in der Zisterne der Burgruine gefunden. Neben dem Skelett entdeckte man außerdem Modeschmuck und einen äußerst wertvollen goldenen Ring mit einer Gravur.

Noch sind viele Fragen offen: Handelt es sich bei der Toten womöglich um die Adlige, die im Jahr 2000 das Erbe der Margarete Maultasch in Höhe von 40 Millionen Euro verteilen wollte? Ist es vielleicht Magdalena von Edelstain aus dem Geschlecht der Habsburger, die nach Südtirol reiste und nie wieder in ihre Heimat Klagenfurt zurückkehrte?

Handelt es sich um Mord? Ist der Fundort auch der Tatort oder wurden die sterblichen Überreste lediglich dort entsorgt?

Wir halten Sie auf dem Laufenden – Ihr Andreas Schmalzl von der *Eisacktaler Presse.*

Magnabosco brach der Schweiß aus. Woher hatte Schmalzl all diese Informationen? Woher kannte er den Namen, über den er und Gruber vor wenigen Tagen nur gemutmaßt hatten? Er griff nach dem Schnapsglas mit dem Nusslikör, das der Wirt ihm hingestellt hatte, und leerte es in einem Zug.

„Ich muss zur Arbeit“, brummte er. „Und dem Schmalzl auf die Finger hauen. Oder jemand anderem. Danke und pfiat Gott.“

Er legte einen Zwanzig-Euro-Schein auf den Tresen, doch der Wirt winkte ab und murmelte: „Das geht aufs Haus, für die Schneedusche." Magnabosco bedankte sich und verließ die Wirtschaft. Als er ins Freie trat, erstrahlte der Waltherplatz in einem unberührten weißen Schneekleid.

*

„Woher hat unser *giornalaio* diese ganzen Infos?", brüllte Magnabosco so laut, dass Gruber zusammenzuckte.

„Mein Gott, Filippo, hast du mich erschreckt. Was ist denn passiert?", versuchte er, ihn zu beruhigen. „Hast du getrunken? Du hast ja eine richtige Fahne!"

„Der Wirt vom Waltherplatz hat mir einen Artikel von der *Eisacktaler Presse* unter die Nase gehalten. Unser Freund Schmalzl weiß anscheinend mehr über das Gerippe als wir hier, wie kann das sein? Da stand was von vierzig Millionen drin ... Oder hat er das einfach nur erfunden, um die Leser zu verarschen?", blaffte er Gruber an. „Soweit ich weiß, hat ja noch keine Pressekonferenz stattgefunden!"

„Also", sagte Pamela kleinlaut und betrat mit einem Bericht in der Hand den Seziersaal. „I fürcht, des isch mei Schuld ..."

„Aber nicht doch, Pamela", sagte Gruber im gleichen Tonfall. „Filippo, ich kann dir das erklären ..."

Magnabosco starrte die beiden an. „Ich bitte darum!"

„Also, Pamela und ich waren gestern Abend auf dem Christkindlmarkt, um auf unsere Ergebnisse anzustoßen. Wir haben ein paar Glühwein getrunken und über den Fall gesprochen. Ich habe leider erst zu spät gemerkt, dass neben uns einer die ganze Zeit mitgehört hat."

„Der Schmalzl, isch des so ein großer Typ mit graue Hoore und Nasefahrrad?", fragte Carmela mit betretener Miene.

Magnabosco nickte, holte tief Luft, atmete hörbar aus und erkannte, wie leid es Pamela und Gruber tat.

„Habt ihr etwa auch den Namen der Dame gesagt?", fragte er. „Wisst ihr eigentlich, was ihr da angerichtet habt? Das gibt ein Disziplinarverfahren!"

„Kann schon sein, dass er mir mal rausgerutscht ist", murmelte Gruber.

„Ich hoffe, dass wir noch mal mit ein paar blauen Augen davonkommen", entgegnete Magnabosco wütend. „Pamela, haben Sie denn inzwischen das Gesicht der Toten rekonstruiert?"

Pamela nickte schweigend und drückte eine Taste ihres PCs. Das Gesicht einer Frau mittleren Alters poppte auf, gestochen scharf wie eine Fotografie.

„Ich hab's Ihnen schon per Mail geschickt", sagte sie. „Bitte verzeihe Sie uns, Herr Kommissar. Ich wusst ja net, dass der Typ der Schmierfink war …"

„Und wir sind inzwischen sicher, dass es sich um Gräfin Magdalena von Edelstain handelt?"

Alfred Gruber und Pamela Biscotti nickten.

„Zu 99 Prozent ja."

Magnabosco verließ die Pathologie. Seine Wangen brannten, ein wenig vom Alkohol, ein wenig von der Wut über Grubers und Pamelas Unachtsamkeit und ganz besonders deshalb, weil Schmalzl wieder einmal die Unverschämtheit besessen hatte, ihn vorzuführen. Der Reporter der *Eisacktaler Presse* machte ihm seit seinem ersten Fall im Morddezernat das Leben schwer, indem er auf eigene Faust recherchierte. Wie kam er dazu, eine Story über eine Erbschaft von vierzig Millionen Euro zu erfinden? Wie sollte er diesen Artikel vor Nothdurfter rechtfertigen? Sein Mobiltelefon brummte in der Jackentasche, die Nummer war unterdrückt. Obwohl er mit einem Werbeanruf eines italienischen Telefonanbieters rechnete, nahm er das Gespräch entgegen.

„Schmalzl hier. Spreche ich mit Kommissar Magnabosco?", fragte eine näselnde Stimme in gekünsteltem Hochdeutsch.

„Wenn man vom Teufel spricht", dachte Magnabosco und wollte direkt auflegen. Nach dieser journalistischen Attacke hatte er nun wirklich keinen Bedarf, auch noch mit diesem Faktenverdreher zu diskutieren. Wo hatte dieser Mann überhaupt seine Telefonnummer her?

„Ja", sagte er dann doch, „höchstpersönlich. Was wollen Sie? Laut Ihrem Schmierblatt wissen Sie ja bereits, wer das Opfer war, und vermutlich präsentieren Sie uns demnächst auch noch den Täter."

„Den kenne ich natürlich nicht, Herr Kommissar. Aber ich könnte Ihnen bei der Suche behilflich sein."

„Sie wollen mir helfen? Bei was? Möchten Sie im feuchten Grab unserer Toten herumstochern?"

„Wenn es sich tatsächlich um Magdalena von Edelstain handelt, wovon ich ausgehe, dann sollten Sie meine

Hilfe annehmen. Ich kannte sie“, sagte Schmalzl leise und eindringlich. „Wir treffen uns morgen am Fundort. Dort werde ich Ihnen einige Dinge über die Dame sagen, die Sie sonst nirgendwo finden. Das Ganze hat natürlich seinen Preis.“

„Was für einen Preis?“, fragte Magnabosco gereizt.

„Das besprechen wir auf der Ruine Maultasch. Bis morgen, elf Uhr. Seien Sie pünktlich.“

Schmalzl beendete das Gespräch, ohne Magnaboscos Zustimmung oder Widerworte abzuwarten. Dieser blieb stehen, starrte sein immer noch stinkendes Telefon an und schmiss es zornig auf den Boden. Verschämt blickte er sich auf den verlassenen Gängen der Quästur um, doch die Kollegen waren längst nach Hause gegangen.

*

Eine getigerte Katze lief über den leeren Parkplatz unterhalb der Ruine Maultasch. Sie sah Magnaboscos Wagen, blieb stehen, blickte sich vorsichtig um und verschwand dann mit einem Sprung in der Böschung, die den Klettergarten vom Parkplatz trennte.

„Warum will Schmalzone sich *per forza* hier treffen?“, fragte Carmela und stieg den kleinen Waldweg hinauf, der in wenigen Kehren zur Burgruine führte. Kalter Wind kam auf und fegte das braune Eichenlaub vor sich her. Carmela zog ihre schwarze Wollmütze tiefer ins Gesicht. „Hätte er dir nicht am Telefon sagen können, was er weiß?“

„Er ließ nicht mit sich reden, ich bin ja nicht mal zu Wort gekommen. Hören wir uns einfach mal an, was er zu sagen hat. Vermutlich will er sich sowieso nur profilieren", entgegnete Magnabosco und hielt sich an einem dürren Baumstamm fest, um das Gleichgewicht auf den glatten Steinen nicht zu verlieren. Der Ast knickte ab, Magnabosco geriet ins Wanken, konnte sich aber gleich darauf wieder fangen. „Aber ich schwöre, dass dieser hier der letzte Ausflug zur Burg ist. Können sich unsere Verbrecher nicht ein zugänglicheres Örtchen aussuchen, um ihre Leichen zu vergraben?"

Andreas Schmalzl saß mit geschlossenen Augen auf einer der Holzbänke, die den Spaziergängern nicht nur ein Plätzchen zum Verweilen anboten, sondern auch eine weite Sicht über das winterliche Etschtal schenkten. Die Sonne schien, der Hochnebel löste sich langsam auf. Graubraune Obstwiesen und ein paar kleine Dörfer wurden sichtbar. In der Ferne konnte man die Peripherie der Landeshauptstadt erkennen.

„Wir waren alleine verabredet, Herr Kommissar", sagte Schmalzl und warf Carmela einen skeptischen Blick zu.

„An diese Abmachung kann ich mich nicht erinnern, Herr Schmalzl. Also, was wollen Sie?"

„Sie wissen schon, dass Sie sich hier genau an der früheren Grenze zwischen der Grafschaft Tirol und der Grafschaft Bozen befinden?", fragte Schmalzl nun und erhob sich gemächlich von der Bank.

Magnabosco schnaubte. „Das ist historisch bestimmt hochinteressant, aber ich kann mir nicht vorstellen, dass Sie uns hierherbestellt haben, um uns eine Unterrichtsstunde in Tiroler Geschichte zu geben."

„Natürlich nicht, aber es ist doch immer gut zu wissen, auf wessen Territorium man sich gerade befindet. Das war damals schon so, und das gilt bis heute."

„Und Sie meinen, das hier ist Ihr Territorium?"

„Natürlich, ich bin schließlich Kulturreferent, Magnabosco."

„Noch einmal: Worum geht es, Schmalzl? Falls Sie auf der Suche nach Insiderinformationen sind: Wir haben keine anzubieten. Also bitte, reden Sie. Wir haben nicht viel Zeit."

Schmalzl drehte sich um und sah zur Burg hinauf. „Wirklich ein wundervoller Ort hier oben. Wenn man bedenkt, dass die Maultasch eigentlich nie hier war ..."

„Wie meinen Sie das?", fragte Carmela interessiert. „Es heißt doch: Burg Maultasch."

„Nein, *signorina*, sie selbst war wahrscheinlich nie hier. Für Leute ihres Standes schickte es sich nicht, solch abenteuerliche Spaziergänge zu machen. Margarete Maultasch hatte genug damit zu tun, sich um die Buchhaltung und Verwaltung ihrer Ländereien zu kümmern. Diese Burg wurde von Margaretes Großvater erbaut, nachdem man ihm den Bau der Burg Helfenstein verboten hatte. Er bekam damals sozusagen keine Baugenehmigung vom Kaiser, weil der Bischof von Trient nicht damit einverstanden war. Margaretes Großvater zog daraufhin zurück in sein Gebiet und baute hier das sogenannte Neue Haus als Machtsymbol gegen Bozen."

Magnabosco sah genervt auf seine Uhr.

„Ich gebe Ihnen noch genau fünf Minuten Zeit. Wenn Sie bis dahin nicht mit der Sprache herausrücken, dann beenden wir dieses Kaffeekränzchen."

„Kommen Sie mit, von dort oben hat man einen noch besseren Ausblick", lud Schmalzl sie zum Weitergehen ein.

„Der Fundort ist weiträumig abgesperrt. Sie kommen nicht in die Burg hinein. Und überhaupt, wollten Sie nicht über Frau von Edelstain sprechen?", fragte Magnabosco gereizt. „Sie haben am Telefon behauptet, dass Sie sie gekannt haben."

„Sie war eine gute Freundin", bestätigte Schmalzl unumwunden, während er die letzten steilen Steinstufen hinaufstieg, über die hölzerne Brücke zum Torbogen ging und vor dem Absperrband der Polizei stehen blieb. „Können wir nicht doch bitte hineingehen? Ich möchte sehen, wo man sie gefunden hat."

Carmela sah Magnabosco an, dieser schüttelte den Kopf. „Nein, das geht nicht."

„Nun, dann kann ich Ihnen auch nicht weiterhelfen. Meine Informationen über die Gräfin kosten einen Blick in ihre letzte Ruhestätte."

Magnabosco holte tief Luft. „Keine Fotos. Sie geben Ihr Handy und Ihren Fotoapparat meiner Kollegin, die hier vor dem Tor auf uns warten wird. Und wehe, Sie fassen etwas an."

Das Gesicht des Journalisten entspannte sich kurz, es schien Magnabosco, als habe er eine enorme Last von ihm genommen.

„Danke“, sagte Schmalzl leise und legte seine beiden Mobiltelefone und den Fotoapparat in Carmelas Hände.

„Ich werde gut darauf aufpassen“, versprach sie.

„Magdalena war eine großartige Frau“, begann Schmalzl zu erzählen und näherte sich vorsichtig der doppelt abgesperrten Zisterne, in der man das Skelett der Gräfin gefunden hatte. „So intelligent, hübsch, zielstrebig. Sie hatte eine feine Art, mit den Menschen umzugehen. Jeder, der sie traf, mochte sie auf Anhieb.“

„Anscheinend nicht jeder“, verbesserte Magnabosco ihn, „sonst wäre sie ja vielleicht noch unter uns.“

„Natürlich gab es Neider. Ich habe sie bei einer Benefizveranstaltung in Dorf Tirol kennengelernt. Sie hat damals einfach eine Milliarde Lire, also umgerechnet 500.000 Euro, für ein Kinderheim gespendet, ohne zweimal darüber nachzudenken. Sie hat mir dann später verraten, dass sie das Geld der berühmten Margarete Maultasch verwaltet. Es ging um vierzig Millionen Euro, die in den Jahrhunderten nach ihrem Tod immer weitergereicht wurden. Sie wollte das Vermögen gerecht verteilen, an Schloss Schenna, an Schloss Tirol und an Burg Maultasch, damit man die Bauwerke so gut wie möglich erhalten und verschiedene Ausstellungen über die Maultasch organisieren würde. Ihr Ziel war es, den Ruf der Margarete Maultasch wiederherzustellen. Und sie hatte vor, das baufällige Johanneum zu kaufen, um es in ein Mädcheninternat umzufunktionieren. Alle waren dankbar für ihre außerordentliche Großzügigkeit, ganz besonders die Direktion und die Diözese. Alle hatten befürchtet, dass es das Johanneum als solches nie wieder geben würde."

„Und ihre Neider? Wer fällt Ihnen dazu ein?"

„Na", machte Schmalzl und lächelte, „höchstens die Gemeinden, die nichts von dem Erbe abbekommen haben."

„Hatte sie damals Familie, als Sie sich kennengelernt haben?", fragte Magnabosco.

Schmalzl überlegte. „Das Verhältnis zu ihren Eltern war getrübt, das weiß ich. Aber sie hatte mich. Sie stammte ursprünglich aus Österreich und kam dann und wann nach Südtirol. Wir haben nach der Veranstaltung den Kontakt aufrechterhalten, obwohl sich selten die Gelegenheit ergab, uns zu treffen. Der einzige weitere Mann in ihrem Leben war ihr Chauffeur, dieser ... wie hieß er noch ... genau, Lutz nannte sie ihn. Ach ja, und dann war da noch ihre Schwester Agnes, die sie einige wenige Male erwähnt hat. Die Ärmste hat sich das Leben genommen. Sie war übrigens mit einem Lehrer am Johanneum verheiratet, Peter Schlosser."

Magnabosco notierte sich den Namen und gewährte Schmalzl einen Moment an dem grausigen Grab seiner Freundin. Er ging ein paar Schritte weiter, während der grauhaarige, hagere Mann mit traurigem Blick in die Tiefe starrte.

„Ich hätte mich so gern von ihr verabschiedet", sagte Schmalzl dann. „Aber danke, dass ich noch einmal hier sein durfte. Wann wird sie denn beigesetzt?"

„Das wird noch eine Weile dauern. Hat sie damals irgendwann einmal den Namen einer Person genannt, die ihr nicht gewogen war?"

Der Reporter antwortete nicht und griff nach einem roten Stein, der lose herumlag. Er wog ihn in der Hand, dann legte er ihn wieder sachte zu Boden.

„Haben Sie sie eigentlich als vermisst gemeldet?", erkundigte Magnabosco sich. „Ihr Verschwinden muss Ihnen doch aufgefallen sein."

„Zunächst wollte ich das eigentlich, zumal sie in jener Zeit, ich erinnere mich genau, etwas unruhig war und meinte, jemand wäre hinter ihr her." Magnabosco spitzte die Ohren. „Doch dann habe ich immer wieder freundliche Postkarten von ihr erhalten und es war eindeutig ihre Handschrift. Ich habe sie für echt gehalten. Sie hat geschrieben, dass es ihr gut gehe, dass sie mich aber nicht mehr treffen wolle. Anfang 2001 hat sie mir dann auch mitgeteilt, dass sie ihren Plan, das Erbe der Maultasch zu spenden, zurzeit nicht in die Tat umsetzen könne. Ich war zwar traurig darüber, habe aber nicht insistiert. Ich habe mir gedacht, dass sie gute Gründe für ihren Rückzug hatte, und habe es akzeptiert. Ich habe dann auch öffentlich gemacht, dass Magdalena ihre Schenkungen noch mal überdenken wollte."

„Dann waren diese Postkarten vermutlich gefälscht. Von wo hatte man sie versandt?"

„Die meisten kamen aus Österreich."

„Wir gehen jetzt besser, Herr Schmalzl. Sie kannten die Tote, daher muss ich Sie bitten, weiterhin zu unserer Verfügung zu stehen und in der Gegend zu bleiben.“

Schmalzl lächelte und hielt Magnabosco die Hand hin.

„Wo soll ich denn auch sonst hin, Herr Kommissar? Ich kann doch meine Leserschaft nicht im Stich lassen.“

*

Magnabosco und Carmela hatten mit dem Wirt des Köhl'n Keller in Dorf Tirol gesprochen, mit ein paar Einheimischen, ja sogar der Feuerwehrkommandant war hinzugekommen, nachdem der Bürgermeister ihn angerufen hatte, um ihm zu sagen, dass die Polizei ihn hier im Keller dringend brauche. Auf die Frage, ob sie sich an Frau von Edelstain und das Erbe der Margarete Maultasch erinnern konnten, zuckten die Herren mit den Schultern.

„Ja, schon“, sagte der eine. „Das war schon Dorfgespräch. Aber bevor man dann etwas Genaues erfahren hat, hatte sich das Thema auch schon wieder erledigt. Ich glaube, die Millionen sind nie gespendet worden. Wie immer: Viel Lärm um nichts.“

„Vielleicht lag es ja daran, dass die Erbin getötet wurde, bevor sie die Bank mit der Überweisung des Geldes beauftragen konnte“, gab Magnabosco zu bedenken.

„Sie meinen, es war Mord?“, fragte die Kellnerin erschrocken, die hinter der Bar gerade Mineralwasser in ein Glas einschenkte.

„Ja, es könnte sein, dass es sich um einen gewaltsamen Tod handelte“, bestätigte Magnabosco. „Kennen Sie zufällig den Lehrer Schlosser, der früher im Johanneum arbeitete? Er war wohl ihr Schwager."

„Natürlich", sagte der Feuerwehrmann. „Den Schlosser hatte ich in Geschichte. Ich war auch im Johanneum. Irgendwie hat er mir immer leidgetan. Es ging auch mal das Gerücht herum, dass er versucht hat, sich das Leben zu nehmen."

„Wie heißen Sie?", erkundigte sich Carmela und tippte den Namen des Feuerwehrmanns in ihr Handy. „Und wo finden wir den Lehrer?"

„Im Altersheim, ich weiß aber nicht, in welchem Zustand", erklärte einer der Waldarbeiter, die gerade hinzugekommen waren, um ihr Feierabendbier zu genießen, und lachte laut auf. Er überragte seine Kollegen um mindestens eine Kopflänge. Carmela nahm ein wenig Abstand, um zu ihm hinaufzusehen.

„Waren Sie auch in seiner Schule?", erkundigte sie sich. „Ich finde es nicht lustig, so über alte Leute reden."

„Das kriegt er ja nicht mit", gab der Mann zurück. „Und wenn, dann hat er es morgen schon wieder vergessen."

„Ihr Name?", fragte Carmela bestimmt.

„Staffler Georg. Und Ihrer?"

Sie stutzte kurz und notierte sich dann auch seinen Namen.

„He, du Putz, ich habe dich was gefragt", blaffte er und versuchte, ihr das Handy aus der Hand reißen. Magnabosco wurde es zu bunt. Er stellte sich vor Carmela.

„Filippo Magnabosco mein Name. Und wir sind nicht von der Stadtpolizei, sondern von der Kripo. Sie beruhigen sich jetzt erst mal, Herr Staffler. Sonst setzt es eine Anzeige wegen Beamtenbeleidigung."

Sein Gegenüber hob beschwichtigend die Hand und widmete sich seinem frisch gezapften Bier und seinen Kollegen.

„Morgen rufe ich im Altersheim an und frage, wann wir ihn besuchen können. Hoffentlich erinnert er sich an die Gräfin", beschloss Carmela, als sie den Köhl'n Keller verließen und ins kalte, weihnachtlich beleuchtete Dorf Tirol hinaustraten. „Dieser Georg, ich habe den Namen schon mal gehört", sagte sie nachdenklich und hakte sich bei Magnabosco unter. „Filippo. Da drüben – das ist die Nonna!", rief Carmela plötzlich und spurtete über die Straße. Magnabosco blieb verblüfft stehen, dann entdeckte auch er die Dame in ihrem schwarzen Mantel, die mit einer Hand den Kinderwagen wippte und mit der anderen einem unbekannten Mann zuprostete.

„Da seid ihr ja endlich", sagte sie in lallendem Süditalienisch. „Wir warten schon eine ganze Stunde auf euch."

„Was machst du hier, Nonna?", fragte Carmela entgeistert.

„Na ja, ihr wart so lange weg, da habe ich in der Quästur angerufen und gefragt, wo ich euch finde. Die haben gesagt, ihr seid in Dorf Tirol. Edoardo musste dringend ein bisschen an die frische Luft, und da haben wir ein Taxi genommen und sind hierhergefahren."

„Ein Taxi?", rief Magnabosco entgeistert. „Das kostet doch ein Vermögen!"

„Ja, und ich habe nur den kleinen Geldbeutel dabei. Und hier gibt es keinen Postamat. Aber für Glühwein hat das Geld gereicht. Und deshalb habe ich Francesco gesagt, er soll mit mir hier warten. Nicht wahr, Francesco?"

Der Taxifahrer grinste. „Es war mir ein Vergnügen, Maria. Ich muss jetzt aber auch weiter. Ich bekomme dann bitte einhundertfünfzig Euro von Ihnen."

„Was?", rief die Nonna so laut, dass Edoardo in seinem Kinderwagen aufwachte und zu weinen begann. „Sind Sie verrückt? Einhundertfünfzig Euro, weil eine alte Frau Ihre Hilfe benötigt hat? Sie sollten sich was schämen, Francesco!"

„Aber … ich … die Taxiuhr …", stammelte der Taxifahrer und ging einen Schritt zurück. Dabei stieß er gegen einen anderen Mann, der gerade einen süßen Krapfen aß. Der Krapfen landete auf dem Boden, der Mann schimpfte.

„Das hätten Sie mir vorher sagen müssen, das ist Betrug! Bei uns in Kalabrien hätte man Ihnen bei diesen Preisen längst das Auto demoliert! Schauen Sie, dass Sie weiterkommen!", drohte die Nonna ihm und schwang ihre Handtasche, die Magnabosco gerade noch abfangen konnte.

„Maria, bitte beruhige dich. Die Preise hier sind nun einmal so. Dafür kann der Herr doch nichts."

„Ha!", machte sie und hob den Zeigefinger, als wollte sie ihn aufspießen. „Das lasse ich mir trotzdem nicht gefallen. Zehn Euro, mehr sind seine Fahrkünste nicht wert."

„Schon gut", machte Francesco und versuchte gleichzeitig, sich bei dem Mann zu entschuldigen, dessen Krapfen er auf dem Gewissen hatte. „Ich bin weg."

„Das will ich Ihnen auch geraten haben", rief Carmelas Großmutter ihm hinterher.

Kapitel 9
25. November 2000

Magdalena von Edelstain bedankte sich bei ihrem Chauffeur und bat ihn, sie am späten Nachmittag in Dorf Tirol wieder abzuholen. Er verabschiedete sich mit einem kurzen, freundlichen Winken, verließ den Parkplatz und fuhr die Hauptstraße in Richtung Meran hinunter. Die Gräfin fühlte den schweren goldenen Ring an ihrem Finger, noch erschien er ihr wie ein Fremdkörper. Sie konnte noch immer nicht glauben, dass der gute Freund ihr so ein großes Geschenk gemacht hatte.

Sie ging schnellen Schrittes an der Kirche vorbei, bis sie auf den Doss kam. Trotz des Windes und der argen Kälte nahm sie sich die Zeit, die Aussicht hinunter auf die Brunnenburg, die verschneiten Gipfel des Passeiertals und das imposante Schloss Tirol zu genießen. Der Felsvorsprung, auf dem man das Schloss vor vielen Jahrhunderten erbaut hatte, war von den heftigen Regenfällen der letzten Monate kahl gewaschen worden. Nur ein paar Kastanienbäume hatten sich mit ihren tiefen Wurzeln an den Abhängen halten können.

Der Schlossweg, auf dem sich sonst die Touristen tummelten und Fotos schossen, war an diesem

Nachmittag menschenleer. Sie hörte nur zwei junge Leute, die den steilen Weg zur Brunnenburg hinunterschlenderten und sich lautstark unterhielten. Den Gesprächsfetzen konnte sie entnehmen, dass einer der beiden Jungen keine Lust hatte, seine Schule mit der Matura abzuschließen. Auch der Name der Schule, die sie vor wenigen Tagen selbst besucht hatte, fiel: Er war wohl ein Schüler des Jungeninternats Johanneum.

Langsam setzte sie ihren Weg zum Schloss fort. Die beiden Jugendlichen hatten sie nicht bemerkt, sie waren längst hinter den Weinreben verschwunden. Ein seltsames Gefühl beschlich Magdalena von Edelstain, als sie den Fußgängertunnel, das sogenannte Knappenloch, betrat, der hinauf zum Schloss führte. Immer wieder drehte die Gräfin sich um, ihr schien, als würde ihr jemand folgen. Doch niemand war da, kein Mensch hatte den dunklen Weg betreten, sie war völlig allein.

Man lud sie in die oberen Kapelle des Schlosses ein. Die Gräfin fühlte sich geehrt, in früheren Zeiten hatten nur die Herrschaften Zutritt zur Empore über der kleinen Kapelle, die Elisabeth von Thüringen geweiht war. Heute war sie natürlich für die Touristen zugänglich, doch zu denen gehörte sie nicht. Außerdem freute sie sich darüber, dass der Museumsdirektor sie persönlich empfing.

„Eine beträchtliche Summe“, staunte der Direktor, nachdem sie ihm den Grund ihres Besuches erklärt hatte.

„Ich bin mir sicher, Margarete hätte es so gewollt", antwortete die Gräfin. „Schließlich war dies hier lange Zeit ihr Besitz und ihr Zuhause."

„Mich wundert nur, dass dieses Erbe über einen so langen Zeitraum geheim gehalten werden konnte", sagte er. „Wie haben Sie davon erfahren, Gräfin?"

„Ich musste versprechen, dieses Geheimnis zu wahren. Nehmen Sie die Spende an, Herr Direktor?", fragte sie unumwunden und lächelte. Nach seiner Einwilligung gab sie ihm die Hand.

„Mein Vermögensverwalter wird Sie kontaktieren, sobald die Überweisung vorgenommen werden kann. Vermutlich schon in wenigen Wochen. Was werden Sie damit tun?"

„Nun", begann der Direktor, „vielleicht könnte man ja einen Teil davon in eine Ausstellung investieren, die die Maultasch endlich ins rechte Licht rückt. Und einige Renovierungsarbeiten wären sowieso notwendig."

Die Gräfin nickte. „Gut, lassen Sie es mich dann bitte wissen, wenn die Pläne zur Ausstellung Gestalt angenommen haben. Ich möchte sie gerne besuchen. Ich werde noch eine Weile in Südtirol bleiben. Sie wissen ja, wie Sie mich erreichen können."

Magdalena von Edelstain trat durch den Torbogen hinaus auf den schmalen, gepflasterten Schlossweg.

„Wie schön du doch bist, Magdalena. Mit dir wird sogar der kälteste Winter zum Frühling", sagte der hagere Mann mit Brille, der an der kleinen Mauer stand und sie mit leuchtenden Augen betrachtete.

„Andreas", lachte sie auf, „endlich!"

Sie schlossen sich stumm in die Arme, blieben lange so stehen und sahen sich noch einmal ungläubig in die Augen.

„Du wirst mit jedem seltenen Treffen immer schöner … und jünger!"

„Du Charmeur", rügte Magdalena von Edelstain ihn. „Oder soll ich besser sagen, du Lügner? Inzwischen sind die Haare ganz weiß. Und die Falten sind auch nicht weniger geworden."

„Welche Falten? Welche weißen Haare?", fragte Andreas. „Aber erzähl doch mal, warum bist du hier? Am Telefon klangst du sehr kryptisch. Oder möchtest du lieber nicht darüber sprechen?"

„Doch, doch", sagte die Gräfin. „Sofern es nicht in einem deiner Artikel veröffentlicht wird, verrate ich dir gern den Grund meines Besuches."

„Ich bin Kulturreferent, kein Schmierfink von der Boulevardpresse. Ich werde diskret sein, versprochen."

„Es geht um das Erbe der Margarete Maultasch", verriet sie. „Ich möchte es zu gerechten Teilen an einige Schlösser spenden, die mit ihrer Geschichte in Verbindung stehen, und dem Johanneum ein neues Gesicht schenken."

„Das muss eine riesige Summe sein", merkte Andreas Schmalzl an.

„In der Tat, es sind insgesamt achtzig Milliarden Lire", antwortete sie knapp und ergänzte: „Du musst es wissen, da ich eine Bitte an dich habe."

Er ließ kurz von ihr ab und setzte sich auf eine der Holzbänke unter den Schlossmauern. Magdalena von Edelstain ordnete ihren hellblauen Kaschmirschal und setzte sich neben ihn.

„Was immer du willst, ich bin für dich da", sagte Andreas und nahm ihre Hand. „Was ist das für ein Ring? Hast du etwa geheiratet? Du hättest mich doch zumindest warnen können", meinte er mit gespielt beleidigter Miene.

„Ach, wo denkst du hin? Das ist eine Art Erbstück aus dem Hause Tirol-Görz. Andreas, es ist mir ernst. Ich fühle mich, seit man mir diese Aufgabe übertragen hat, nicht mehr sicher. Ich habe das Gefühl, dass überall Gefahr lauert, dass man mir nach dem Leben trachtet. Vielleicht ist es auch nur Einbildung."

Andreas runzelte sorgenvoll die Stirn: „Dann müssen wir einen Leibwächter für dich suchen. Was ist denn mit Lutz?"

„Nein, Lutz ist mein Chauffeur. Und das soll er auch bleiben. Ich kann ihn nicht noch mehr belasten. Er ist auch nicht mehr der Jüngste. Außerdem geht es mir nicht um mich selbst. Ich möchte nur nicht, dass im Falle meines Todes das Geld in die falschen Hände gerät. Deshalb möchte ich, dass du den Kontakt zum Vermögensverwalter aufnimmst, falls mir etwas passieren sollte. Und natürlich auch zu meinem Anwalt. Hier sind ihre Visitenkarten, pass bitte gut darauf auf. Die beiden Herren und du, ihr genießt mein absolutes Vertrauen. Das Geld muss so gespendet werden, wie es vorgesehen war. Ich möchte nicht, dass Margaretes Ruf noch einmal ruiniert wird, falls ich die nächsten Wochen nicht überleben sollte."

„Hast du denn Drohungen erhalten? Ist dir irgendjemand zu nahe gekommen?", fragte Andreas aufgebracht.

„Nein, absolut nicht. Bis jetzt nicht. Es ist nur ein Gefühl, Andreas. Aber leider konnte ich mich auf meine Gefühle schon immer sehr gut verlassen. Erfüllst du mir diesen Wunsch? Ich bitte dich inständig darum."

Andreas Schmalzl nickte, nahm die Visitenkarten an sich und verstaute sie sorgfältig in seiner Brieftasche. Schweigend gingen die beiden ins Dorf hinunter und verabschiedeten sich.

„Auf Wiedersehen", sagte er leise und schloss die Gräfin in seine Arme.

„Ich hoffe es", antwortete sie und hauchte einen Kuss auf seine linke Wange. „Und ich danke dir."

*

Peter Schlosser betrat den Köhl'n Keller gegen halb acht Uhr abends und suchte sich einen freien Tisch neben der Bar.

„Ein Bier und ein Schnapserl", rief er dem Wirt zu.

„Mach langsam, Herr Lehrer", antwortete dieser. „Magst nicht erst was unterlegen? Ich hab frisches Schöpsernes da und Röster auf dem Herd."

„Von mir aus", meinte Schlosser und ließ sich einen Teller mit Hammelbraten und Bratkartoffeln bringen. „Gut", gab er zu und leerte seinen Bierkrug in wenigen Zügen.

Einige junge Männer betraten das Lokal. Schlosser erkannte seinen Schüler Staffler, der ihn erschrocken anstarrte.

„Um acht ist Zapfenstreich für euch", fuhr Schlosser ihn an.

„Wir haben heute Ausgang bis neun", entgegnete Georg trocken und schlug mit einem Holz gegen die Glocke, die von der Decke des Kellers herunterhing.

„Magst deinen Schüler nicht ins Heim schicken?", mischte sich nun der Bürgermeister ein, der an einem anderen Tisch gemeinsam mit seiner Frau zu Abend aß. „Er sollte lernen und nicht im Wirtshaus herumhängen."

„Lass den Buben in Frieden", gab Schlosser zurück. „Und lang ist er ja eh nicht mehr Schüler. Die Schule wird schließlich verkauft, und daran bist du bestimmt nicht unschuldig, Bürgermeister!"

Der Mann stand auf und versuchte, den Lehrer zu beschwichtigen, doch dieser geriet immer mehr in Rage.

„Ah, jetzt zeigt sich dein schlechtes Gewissen! Merkst wohl erst jetzt, was du da mit dem Pfaffen und dem Herrn Direktor ausgeheckt hast. Na ja, euch schicken sie ja schließlich nicht auf den Brenner, euch werden sie schon nicht entwurzeln. Habt ja Geld genug zum Leben!"

„Was redest du denn da, Schlosser? In ein paar Jahren bist du auch in Pension und kannst dir hier einen schönen Lebensabend machen. Das Johanneum ist am Ende, sieh es endlich ein."

„Das ist es nicht!“, schrie Schlosser. „Los, Georg, komm, setz dich zu mir. Und du, Bürgermeister, geh scheißen!“

Der Bürgermeister wurde rot vor Zorn, seine Frau stand auf und konnte ihn gerade noch davon abhalten, handgreiflich zu werden.

Georg setzte sich lachend auf den leeren Stuhl, der am Tisch seines Lehrers stand.

„Ein Bier für den Buben!“, rief er dem Wirt zu.

„Erst wenn du dich beim Bürgermeister entschuldigt hast. So ein Benehmen dulde ich hier nicht.“

„Ja dann, werter Bürgermeister, verzeihet mir“, lallte er und lachte scheppernd. „So, und nun her mit dem Bier.“

„Das ist das letzte für heute. Danach geht ihr“, sagte der Wirt.

„So, Georg, hör zu“, sagte Schlosser, „du wirst mir einen Gefallen tun. Und ich werde dich gut dafür bezahlen ...“

*

Georg wankte durch den leeren Flur des Johanneums. Eine Zimmertür ging auf, Martin Hilber ging auf ihn zu und versuchte, ihn aufzuhalten.

„Wo warst du, Georg? Es ist fast Mitternacht, die suchen schon nach dir!“

„Ha“, lachte Georg, „ich bin entschuldigt. Schlosser hat mich eingeladen. Wir sind jetzt Kollegen. Und jetzt mach Platz, ich will schlafen.“

„Mann, bist du besoffen!“

„Kann dir doch scheißegal sein, Hilber“, brummte er und stieß mit der Schulter gegen den Türrahmen. Er verfehlte die Klinke und trat gegen die Tür, sie öffnete sich mit einem Quietschen. „Und geh mir nicht auf die Nerven. Ich habe zu tun.“

Georg legte sich in sein Bett, es schaukelte, das dunkle Zimmer drehte sich. Er wälzte sich auf den Bauch und ließ seinen Arm von der Bettkante baumeln. Sofort stoppte das Zimmerkarussell. Fast eine Million Lire hatte Schlosser ihm geboten! Er musste nur herausfinden, wo diese Frau Edelweiß umging. Nein, nicht Edelweiß. Edelstain hieß sie. Eine Gräfin, Magdalena von Edelstain. Den Namen musste er sich aufschreiben, sonst würde er ihn sich nie merken. Nichts leichter als das, hatte Georg geantwortet und mit dem Lehrer angestoßen. Der hatte ihm kräftig auf die Schulter geklopft und ihm das dritte Bier bestellt. Nur beobachten, hatte er wiederholt. Er durfte nicht auffallen, musste immer gebührenden Abstand zu ihr halten. Mindestens zweihundert Meter, hatte der Lehrer ihm eingebläut. Er sollte herausfinden, wo sie wohnte, mit welchen Personen sie sich traf und wo sie sich herumtrieb. Er wollte wissen, ob sie allein war oder in Begleitung. Wie sie sich bewegte. Ob sie ein Auto hatte, ob sie öffentliche Verkehrsmittel benutzte, in welchen Dörfern sie sich aufhielt. Ob sie in Restaurants aß, in Cafés oder Bars ging. Georg sollte die nächsten zwei Wochen ihr Verhalten beobachten, sich Notizen machen und den Lehrer täglich darüber in Kenntnis setzen. Sobald diese zwei Wochen vorbei waren, würde er neue Anweisungen erhalten.

„Warum?", hatte Georg gefragt und nach dem Schnaps gegriffen.

„Das erfährst du noch früh genug. Willst du das Geld oder nicht? Das sollte doch als Grund genügen."

„Wie soll ich ihr denn nachstellen?", hatte Georg ihm dann zu bedenken gegeben. „Ich habe kein Auto. Und lernen soll ich ja auch noch."

„Um deine Noten kümmere ich mich. Morgen gebe ich dir den Schlüssel für meine *Ape*. Die darfst du ja schon fahren. Und jetzt geh, schlaf deinen Rausch aus. Wehe, du erscheinst morgen Früh nicht zum Unterricht."

„Ich will eine Anzahlung", beschloss er, „mindestens hunderttausend Lire."

„Nicht bevor du mir die ersten Informationen lieferst, Georg."

Georg nickte und lehnte sich in seinem Stuhl zurück.

„Versau es nicht, Georg", zischte Schlosser. „Und dieses Mal wirst du es selbst erledigen und nicht Hilber damit beauftragen, für dich zu arbeiten."

Georg rollte sich auf den Rücken. Das Zimmer drehte sich wieder, dieses Mal aber deutlich langsamer. Er schloss die Augen, sah die Frau vor sich, die er bis jetzt nur ein einziges Mal zufällig auf dem Schulhof gesehen hatte. Schlosser hatte ihm einen Zeitungsartikel gezeigt, auf dem man ihr Gesicht gut erkennen konnte. Eine ältere, stinkreiche Frau. Und er, Georg, würde ihr nachstellen. Er würde Geld dafür bekommen, sehr viel Geld. Geld, mit dem er in zwei Wochen, sobald er seinen Auftrag erfüllt hatte, abhauen konnte. Die Schule interessierte ihn nicht, die Lernerei widerte ihn an. Er hatte Besseres zu tun. Er wollte Waldarbeiter werden, er würde sich einfach eine Motorsäge, einen Helm und ordentliche Kleidung kaufen, irgendeiner würde ihn schon einstellen. In Schenna suchten sie Forstarbeiter, hatte er gehört. Und nun hatte er auch noch ein Fahrzeug, das motorisierte Dreirad würde er ganz bestimmt nicht nur dafür nutzen, um die Alte auszuspionieren. Warum sollte er sie eigentlich nur beobachten? Hatte Schlosser zum Schluss nicht „Noch nicht" gesagt, nachdem er ihn gefragt hatte, ob er ihr das Genick brechen solle?

Er war müde, doch die Euphorie ließ ihn nicht schlafen. Vielleicht sollte er seine neue Motorsäge nicht nur dazu verwenden, um Bäume zu fällen.

Kapitel 10
12. Dezember 2022

„Haben Sie ihn gefunden?"

Verena Psenner stand zitternd in der Tür, ihre schwarze Kleidung roch nach Gemüsesuppe, Schweiß und Zigarettenrauch.

„Nein, tut uns leid, Frau Psenner, noch immer nicht. Sein Handy ist wie vom Erdboden verschluckt und nicht zu orten. Sie haben also auch kein Lebenszeichen von Herrn Hilber erhalten?"

Frau Psenner schüttelte den Kopf und ließ Magnabosco und seine Assistentin eintreten. In ihrer Wohnung herrschte Chaos, die Luft war so stickig, dass Carmela ungefragt die Vorhänge auseinanderschob und die Terrassentür öffnete.

„Ich kann nicht mehr", krächzte Verena Psenner und hustete heftig. „Ich kann nicht mehr essen und nicht mehr schlafen", sagte sie und begann zu weinen. Sie verkrampfte sich so sehr, dass Carmela und Magnabosco ihr auf das Sofa helfen mussten.

„Nach Ihrem Freund wird gesucht. Aber Sie müssen uns auch ein bisschen helfen", sagte Magnabosco so sanft zu ihr, dass Carmela ihm einen gerührten Blick schenkte. „Vielleicht haben wir etwas übersehen. Erzählen Sie uns von seinen Gewohnheiten und wo er öfter unterwegs ist. Mit wem ist er noch befreundet? Hat er irgendwelche Feinde?"

Verena Psenner setzte sich langsam auf und drückte ein Sofakissen auf ihren Bauch.

„Mir ist so schlecht", jammerte sie.

„Sie müssen essen", sagte Carmela fürsorglich. „Ein Teller Pasta ist immer gut. Machen wir es so, ich koche, Sie erzählen."

Verena Psenner lächelte unter ihren Tränen und nickte.

„Warum sind Sie so freundlich zu mir?", fragte sie.

„Warum sollten wir nicht freundlich zu Ihnen sein?"

„Martin hat nicht viele Bekannte oder Freunde. Er arbeitet als Techniker in einer Meraner Firma, die Fliesen herstellt. Er macht zweimal die Woche Sport, sonst geht er eigentlich nie aus. Er verdient gut, ist aber nicht besonders wohlhabend. Eigentlich ist er ein ganz normaler Mensch. Manchmal geht er mit den Jungs vom Fußball noch ein Bier trinken, aber sonst ist er lieber zu Hause."

„Sie haben meiner Kollegin gesagt, dass es ihm schlecht ging, nachdem Sie ihm von dem Skelett erzählt hatten. Aber hat er irgendwas Bestimmtes gesagt?", fragte Magnabosco.

„Nein, nicht wirklich. Er ist sehr blass und nervös geworden und hat sich eine halbe Stunde lang im Bad verschanzt. Ich habe immer wieder gefragt, ob ich ihm helfen kann, aber er hat nur gerufen, es sei alles in

Ordnung und ich solle ihn in Ruhe lassen. So hat er vorher nie mit mir gesprochen."

„War er im Bad, weil es ihm schlecht ging, oder hat er dort vielleicht irgendetwas getan, was sie nicht sehen sollten? Hat er vielleicht telefoniert? Er hat ja sehr heftig reagiert ..."

„Meinen Sie etwa, Martin hat etwas mit diesem Skelett zu tun?", rief Verena aufgebracht. „Was fällt Ihnen eigentlich ein, ihm so etwas zu unterstellen?"

„Wir unterstellen nichts, wir fragen nur, Frau Psenner."

Verena Psenner schloss kurz die Augen und wippte apathisch auf dem Sofa vor und zurück. Plötzlich hielt sie inne und starrte ins Leere.

„Doch ... da war etwas. Er hat sein Handy mit aufs Klo genommen. Das hat er sonst nie gemacht. Normalerweise legt Martin es immer auf die Kommode, wenn er heimkommt. Er sagt, wenn er daheim ist, will er seine Ruhe haben und nur mit mir sein. Aber an dem Abend ist er erst zur Kommode im Flur gegangen, hat sein Handy genommen und ist damit auf die Toilette gegangen. Und als ich ihm am nächsten Tag eine Nachricht geschrieben habe, habe ich gesehen, dass er um zwanzig Uhr das letzte Mal online gewesen ist."

„Das heißt, er hat irgendjemanden informiert. Wer kann das gewesen sein?"

„Ich habe keine Ahnung. Ich weiß wirklich nicht, mit wem er über so etwas sprechen würde."

„Gibt es jemanden, der ein Motiv hätte, Martin zu entführen oder ihm etwas anzutun?", fragte Magnabosco nun.

„Nein. Mit seinen Arbeitskollegen kommt er gut zurecht. Mit seiner Familie eigentlich auch."

„Hat er Schulden?"

„Nur bei der Bank, um das Haus abzuzahlen."

„Als ich das erste Mal hier war, haben Sie gesagt, dass Sie seit Ihrer Teenagerzeit vier Freunde waren …", meinte Carmela und probierte, ob die Pasta schon *al dente* war. „Sie haben gesagt, da war noch ein anderer Junge … Wo ist das Nudelsieb?"

„In der linken Schublade."

„Wer war dieser vierte Freund, Frau Psenner?", hakte Magnabosco nach.

„Ach, den Jörgl meinen Sie … Georg Staffler. Aber ich würde ihn weniger als Freund bezeichnen. Er war eigentlich ein totales Arschloch und hat Martin bei jeder Gelegenheit fertiggemacht. Er ist eine Weile mit Natascha gegangen, und sie war schon immer meine beste Freundin. Deswegen mussten wir gezwungenermaßen auch immer mit ihm herumhängen. Natascha war total verschossen in ihn, weil er so ein großer, starker Typ war. Viel auf dem Kasten hatte er allerdings nicht. Hat immer nur damit herumgeprahlt, dass er die Schule schmeißen und sich eine extrafette Motorsäge kaufen würde."

„Sie haben gesagt, er hat Martin fertiggemacht. Was verstehen Sie darunter?"

„Na ja, das übliche Schulmobbing eben. Hänseln, ausgrenzen, verarschen. Aber im letzten Schuljahr hat er Martin in Frieden gelassen. Ein paar Mal sind die beiden auch zusammen losgezogen und angeblich oft zu spät ins Johanneum zurückgekommen."

„Haben die beiden noch Kontakt?", fragte Carmela und suchte in den Küchenschränken nach einem tiefen Teller. Dann servierte sie der geschwächten jungen Frau die Nudeln, auf denen ein Stückchen Butter zerfloss.

„Danke", sagte sie leise und aß erst vorsichtig, dann mit immer mehr Genuss. „Nein, ganz bestimmt nicht. Martin war damals froh, als die Matura geschafft war und er studieren durfte. Und Natascha hat sich auch bald von Georg getrennt. Wir haben ihn nie wieder gesehen. Ich glaube, er lebt in Schenna."

„Aber warum der Name Jörgele? Er heißt doch Georg", fragte Carmela.

„Das ist hier einfach so", erklärte Verena Psenner kauend, „wir haben alle ein paar verschiedene Namen."

„Was ist mit Natascha? Ist sie inzwischen wieder nach Hause zurückgekehrt?"

Verena seufzte: „Nein, sie ist auch nicht wieder da. Diesmal ist sie ungewöhnlich lange weg. Ich habe auch versucht, sie wegen Martin zu erreichen, aber ihr Handy ist aus."

„Wir lassen nach ihr suchen", meinte Carmela bestimmt, „es ist schon zu viel Zeit vergangen."

Magnabosco stand auf und trat ans Küchenfenster. Er blickte direkt auf den Friedhof und die Pfarrkirche von Terlan. In weiter Ferne konnte er die Bergspitze des Penegal erkennen. Plötzlich, als er die vielen Kreuze sah, beschlich ihn ein ungutes Gefühl.

„Haben Sie Familie, Frau Psenner? Ich meine, jemanden außer Herrn Hilber?"

„Natürlich, meine Eltern. Sie leben in Meran. Warum fragen Sie?"

„Ich finde, Sie brauchen ein wenig Gesellschaft. Es bringt nichts, wenn Sie hier alleine sitzen und auf Martin warten. Hinterlassen Sie ihm eine Nachricht und gehen Sie zu Ihren Eltern. Sobald wir etwas herausfinden, werden wir uns bei Ihnen melden."

Verena Psenner nickte, räumte den leeren Teller in die Geschirrspülmaschine und brachte die beiden Ermittler zur Tür. Sie verabschiedeten sich.

Langsam gingen Magnabosco und Carmela durch Terlan. Dunkle Wolken waren über dem Etschtal aufgezogen. Ein paar Regentropfen zerplatzten auf den hellroten Pflastersteinen der Dorfstraßen.

„Warum soll sie zu ihren Eltern gehen?", fragte Carmela. „Vielleicht will sie zu Hause warten, bis Martin zurückkommt."

„Martin kommt nicht zurück", sagte Magnabosco leise und blieb auf dem Platz neben dem Rathaus stehen. Sie waren allein, der Wind fegte ein paar Eichenblätter vor sich her. „Ich kann nicht erklären, warum, aber ich bin mir sicher, dass er nicht mehr lebt. Frau Psenner braucht jemanden, der sich um sie kümmert, sonst übersteht sie das nicht."

Carmela ging weiter und blieb vor der Skulptur stehen, die Margarete Maultasch und ihren ersten Mann Johann zeigte. Zwischen den beiden Figuren stand symbolhaft eine Gittertür, Margarete hatte die Hände vor ihrer Brust verschränkt und betrachtete triumphierend ihren kleinen Gatten, der sie mit der Armbrust auf dem Rücken erzürnt anstarrte.

„Was ist mit dir, Filippo? Seit wann du hast Gefühle?"

Magnabosco sah hinauf zur Burgruine.

„Lass uns noch einmal hinaufgehen. Ich möchte mir den Tatort noch einmal ansehen. Wir haben bestimmt etwas übersehen."

Gerade als sie wieder ins Auto steigen wollten, klingelte Magnaboscos Handy.

„Capo Commissario", sagte der Kollege am anderen Ende der Leitung. „Wir haben Hilbers Wagen gefunden. Er steht oberhalb von Schenna am Einstieg zum Waalweg. Ich sende Ihnen den Standort."

Magnabosco legte auf. „Burg Maultasch müssen wir verschieben", sagte er zu Carmela und hielt ihr die Autotür auf. „Auf nach Schenna."

*

„Die Türen waren nicht verschlossen", berichtete der Kollege der Spurensicherung, als Magnabosco auf den Wagen zuging, der auf den Namen Martin Hilber zugelassen war. „Und der Schlüssel steckt noch."

„Danke, Michael. Ein Wunder, dass ihn niemand mitgenommen hat", bemerkte Magnabosco und zog ein Paar weiße Einweghandschuhe über. „Was war im Wagen?"

„Nichts Besonderes. Nur ziemlich viel Laub und Erde, ein Brillenetui und eine Winterjacke."

„In Ordnung, dann bis später. Ich will mich hier noch ein wenig umsehen, hoffentlich finden wir etwas Brauchbares", verabschiedete Magnabosco den Beamten und rief Carmela zu sich, die gerade mit ihrer Großmutter telefonierte. Der Name Edoardo fiel bei dem Gespräch mehrmals, Carmela war sichtlich aufgebracht.

„Was ist los?", ächzte der Kommissar, während er mit der Hand unter den Beifahrersitz fuhr. Er zog einen schmutzigen Schal hervor, der eher einer Frau als Martin Hilber gehörte.

„Die Nonna will, dass wir so schnell wie möglich heimkommen. Sie sagt, sie hat eine Überraschung und dass es wichtig ist wegen Edoardo. Aber sie will nicht sagen, warum. Ich hasse es, wenn sie Geheimnisse hat", antwortete Carmela. „Wem gehört dieser Schal? Verena?"

„Das kann sein, wir werden sie fragen. Ab ins Labor damit. Und den Wagen nehmt ihr am besten auch gleich mit und untersucht ihn auf Spuren. Wir brauchen auch eine DNA-Probe von Verena Psenner."

„Ich kümmere mich darum", antwortete Carmela.

„So, ich würde sagen, wir gehen jetzt ein Stück spazieren. Da vorne ist doch dieser Waalweg, oder? Vielleicht finden wir ja irgendwelche Spuren von Hilber."

Schweigend gingen Magnabosco und Carmela hinein in den Wald und wanderten die künstlich angelegten Bäche entlang, die schon seit vielen Jahrhunderten als Bewässerungskanäle dienten. Sie sahen sich um, suchten nach verlorenen Gegenständen, nach Indizien, etwas, das auf Hilber hindeuten könnte. Doch der Waalweg war sauber, selbst das auf dem Boden liegende Laub und Geäst war zur Seite geräumt worden.

Fahles Licht fiel durch die kahlen Baumkronen, eine neugierige Amsel hüpfte über den Erdboden. Carmela ging voraus und stieg auf die hölzerne Plattform, die sich über einem zehn Meter hohen Wasserfall befand, der direkt in den unteren Waal mündete.

Magnabosco stellte sich an den Rand der Plattform, die durch eine Brüstung gesichert war. Er sah hinunter.

„Warum sollte Martin Hilber hierherkommen?", rief er und versuchte, das Rauschen zu übertönen. „Es ist kalt, hier ist um diese Jahreszeit keine Menschenseele. Was will er bloß?"

Magnabosco und Carmela stiegen vorsichtig die gesicherten Steinstufen hinab, die zum nächsten Abschnitt des Waales führten. Wieder einmal stellte der Kommissar resigniert fest, dass er für seine Arbeit das falsche Schuhwerk trug.

„Bestimmt macht er keinen Spaziergang. Vielleicht trifft er jemanden, der von dem Skelett weiß. Die Person, mit der er im Bad telefoniert hat. Vielleicht Natascha."

„Wir wissen nicht einmal, ob sein Verschwinden überhaupt etwas mit dem Skelett zu tun hat."

„Vielleicht trifft er sich mit Jörgele", schlug Carmela vor.

„Georg hat ihn doch angeblich gehänselt und Hilber war froh, als er nichts mehr mit ihm zu tun hatte. Warum sollte er ausgerechnet ihn treffen?"„Im Moment kommen wir nicht weiter. Georg Staffler ist der einzige

Name, den wir haben", bemerkte Carmela. Da stockte sie, griff nach ihrem Handy und tippte hektisch darauf herum: „Und wir kennen Jörgele ja schon aus der Bar, erinnerst du dich? Er war auch ein Schüler von Schlosser, dem Schwager von der Edelstain. Vielleicht sollten wir ihn ja doch mal zu einer Befragung einbestellen."

Carmela überlegte weiter und meinte dann: „Im Moment ist er unser einziger Anhaltspunkt. Er kannte Schlosser und war mit Martin und Natascha befreundet. Wir sollten unbedingt mit ihm sprechen."

Magnabosco stimmte ihr zu, dann schüttelte er sich und reichte ihr seine Hand. „Lass uns gehen, hier ist es mir zu frisch."

Lächelnd nickte sie ihm zu und Hand in Hand kehrten sie zum Auto zurück.

*

Magnabosco schloss die Tür zu seiner Wohnung in der Pfarrhofstraße auf, ließ Carmela eintreten, hörte eine Frauenstimme und erstarrte. Es war die seiner Ex-Freundin Clara Chiocchetti. War dies die Überraschung, von der Nonna Carmela am Telefon erzählt hatte?

Carmela war inzwischen in die Küche gegangen, nun wurden die drei Frauen laut, Edoardo begann zu weinen. Magnabosco schwitzte, ihm wurde blümerant. Kurz überlegte er, ob er sich einfach wieder umdrehen und aus dem Staub machen sollte. Doch dafür war es zu spät, Carmela stand bereits ratlos in der Tür, Clara folgte ihr mit verweinten Augen, die Nonna hielt den schreienden Edoardo auf dem Arm und versuchte, ihn zu beruhigen.

„Was will sie hier?“, zischte Carmela.

„Ich habe sie nicht angerufen“, entgegnete Magnabosco und hob beschwichtigend die Hände. Er wusste nicht, wie er Clara begrüßen sollte. Eine innere Stimme riet ihm, auf der Stelle die Flucht zu ergreifen.

„*Ich* habe sie angerufen“, sagte die Nonna ruhig. „Ihr müsst diese Sache klären. Edoardo muss dringend getauft werden. Und er muss wissen, wer seine *mamma* und sein *papà* sind. Sonst wird er ein unglückliches Kind.“

Magnabosco atmete tief durch, dann bat er Clara und Carmela, sich in die Wohnküche zu setzen. Sie blickten sich ernst an und sagten kein Wort.

„Gut“, sagte die Nonna und legte ihm Edoardo in den Arm. „Also, wenn ihr nicht miteinander redet, dann muss ich euch wohl dazu zwingen. Filippo, ich weiß, dass es für dich schwierig ist, weil du … wie sagt man …. wie die Jungfrau zum Kind gekommen bist. Aber willst du trotzdem der Vater von Edoardo sein?“

Magnabosco starrte Carmelas Großmutter an, die nun so einfach die Regie dieses absurden Theaters übernommen hatte. Dann verstand er, dass sich die Situation nicht anders regeln lassen würde. Er nickte.

„*Perfetto*“, sagte die Nonna. „Und du, Clara, du willst nicht die *mamma* von Edoardo sein, richtig?“

Clara schniefte erneut und schüttelte heftig den Kopf. „Ich kann das nicht, ich …“

„Ja, erklär uns doch einfach mal, warum du nicht die Mutter des Kindes sein kannst, das du dir so sehr gewünscht hast", forderte Magnabosco sie auf.

Clara stützte den Kopf in ihre Hände.

„Ich hatte mich so sehr auf den Kleinen gefreut, das stimmt. Aber als er dann da war, ist es mir sehr schlecht gegangen. Ich habe gespürt, dass ich nicht gut für ihn war. Ich habe einfach gar nichts gefühlt, wenn ich ihn angesehen oder auf den Arm genommen habe."

„Und da hast du dir gedacht, warum bringe ich ihn nicht einfach zu Filippo?", fragte Magnabosco nun aufgebracht. „Und wenn ich mich geweigert hätte? Was hättest du dann getan?"

„Ich habe mir die Entscheidung nicht leicht gemacht", schluchzte Clara. Sie sah Magnabosco mit verweinten Augen an.

„Doch, das hast du. Du hast ihn einfach hier unten an der Tür zurückgelassen und dich aus dem Staub gemacht, statt mit mir darüber zu reden. Überhaupt hast du nie wirklich mit mir gesprochen."

„Beruhigen wir uns", sagte die Nonna. „Ich glaube auch, dass es Edoardo hier gut geht. Und vielleicht will Clara ja seine Patentante sein."

Claras nickte vorsichtig. „Ich weiß nicht … darf ich das denn?"

Magnabosco sah zu Carmela herüber. Sie zuckte mit den Schultern, dann nickten beide. Clara weinte noch ein bisschen mehr, dieses Mal jedoch auch aus Freude und Erleichterung.

„Aah, sehr gut", sprach die Nonna weiter. „So, nun zu dir, Carmela. Edoardo ist zwar nicht dein leibliches Kind, aber du liebst ihn wie deinen eigenen Sohn. Stimmt das?"

Nun wischte auch Carmela sich eine Träne von der Wange. „Ja, Nonna. Wie mein eigenes Kind. Genau so."

„Und du liebst diesen *poliziotto*?", hakte sie mit eindringlichem Blick nach.

„Ja, sehr. Wie meinen eigenen *poliziotto*, Nonna."

„Dann wäre es vielleicht gut, wenn du die *mamma* von Edoardo und die Frau von diesem *poliziotto* wirst. Was sagst du, Filippo? Willst du, dass Carmela deine Frau wird?"

Magnabosco starrte erst die Nonna, dann Carmela, dann das Baby auf seinem Arm an. Edoardo gluckste leise und griff nach seiner Wange.

„Äh, also, ich …", stammelte er.

„Er meint Ja", sagte Clara plötzlich mit fester Stimme. „Er weiß es nur noch nicht."

Kapitel 11
26. November 2000

Natascha legte ihren Kopf erschöpft auf Georgs nackte Schulter. Er roch nach Schweiß, doch es störte sie nicht. Sie wischte sich ein paar Haare von der Stirn, sie waren ebenso feucht wie Georgs Haut.

„Wer kommt heute Abend alles zur Feier?", fragte sie und zupfte an seinem Ohr.

„Keine Ahnung", entgegnete Georg. „Ach übrigens, das hier wollte ich dir schenken", sagte er und zog etwas aus der Tasche seiner Hose, die neben dem Bett auf dem Fußboden gelandet war. Zwischen seinen Fingern baumelte ein schwarzes Halskettchen, an dem eine kleine silberne Eule hing.

„Wow, danke … echt cool von dir", staunte Natascha und nahm es entgegen. Die Eule glänzte in den Sonnenstrahlen, die in ihr Zimmer fielen. „Du hast mir noch nie was geschenkt … voll süß."

„Es ist so … ich werde in nächster Zeit ziemlich zu tun haben", erklärte Georg. „Damit du mich nicht vergisst."

„Willst du jetzt doch noch für die Matura lernen?", lachte Natascha. „Hat der Hilber dir den Kopf gewaschen?"

Georg sah sie grimmig an. „Spinnst du? Nein, der Schlosser hat mir gesagt, ich soll ein paar Sachen über eine Frau herausfinden. Er gibt mir Geld dafür und leiht mir seine *Ape*. Das muss aber unter uns bleiben. Wehe, du redest mit jemandem darüber!"

Natascha zuckte zurück, Georgs finsterer Blick war ihr nicht geheuer.

„Nein, nein, versprochen. Ich sage nichts. Zu niemandem. Mach mal die Kette zu, bitte. Echt, die ist voll hübsch", bedankte sie sich noch einmal und küsste Georg auf den Mund. „Meine Eltern werden gleich zurück sein."

Georg stand auf und zog sich an. „Wir sehen uns nachher in der Ruine. Und wie gesagt: topsecret. Zu keinem ein Sterbenswörtchen. Auch nicht zu Verena."

Nach einem schmatzenden Kuss auf ihre Lippen stieg er aus dem Fenster hinaus in den Garten und verließ das Grundstück. Natascha sah ihm nach. Die Eule klebte auf ihrer Haut.

Sie nahm ihren Discman, legte die CD von Radiohead ein und lauschte *Creep*. Ein Song, in dem ein Typ seinen Engel besang, ihn mit einer wunderschönen, leichten Feder verglich und sich selbst als ein Ekel bezeichnete. Das Ekel verstand nicht, womit es diesen Engel verdient hatte und was es überhaupt hier machte. Sie kroch unter die warme Decke, die noch immer nach Sex roch, schloss die Augen und hielt die Eule zwischen ihren Fingern. Die Melodie, die raue Stimme des Sängers und der gleichzeitige Gedanke an Georg ließen sie immer wieder lächeln, sie genoss die Erinnerung und konnte kaum erwarten, ihn am Abend wiederzusehen.

*

Georgs Mund schmeckte nach Bier, Schnaps und Zigaretten, als Natascha ihm an diesem Abend einen Begrüßungskuss gab.

„Du bist ja jetzt schon besoffen", sagte sie eingeschnappt. „Seit wann seid ihr denn hier?"

„Ich bin direkt hierhergekommen, nachdem du mich rausgeschmissen hast."

„Ja super, du hättest mich auch mitnehmen können, oder?"

„Mein Gott, kann ich jetzt nichts mehr alleine machen? Ich musste was mit Hilber bequatschen."

„Schon wieder? Seid ihr jetzt Freunde, oder was?"

„Natascha, hör auf zu fragen. Geh einfach feiern."

„Ja, schon gut", entgegnete Natascha und hob beschwichtigend die Hände. Dann sah sie sich nach Verena um, die heute ihren achtzehnten Geburtstag feierte. Gemeinsam gingen sie zum Burgplatz im Inneren des Schlosses.

„Ist das mit dir und Jörgl jetzt fix?", fragte Verena und zündete sich eine Zigarette an.

Natascha nickte und zeigte ihr das Halskettchen.

„Hat er mir geschenkt. Cool, oder?"

„Ja, hübsch. Aber irgendwas stimmt mit dem Typen nicht. Ich finde ihn ziemlich aggro. Gerade eben hat er dich ja auch voll angeschissen."

„Na ja … ich glaube, er hat echt Probleme in der Schule und seine Eltern machen krassen Druck. Und dann dieser Schlosser, der ihn ständig mit irgendwelchen komischen Sachen beauftragt. Angeblich gibt er ihm Geld, um eine Frau zu beobachten. Aber du weißt von nix, ich dürfte das niemandem verraten!"

„Ich schwöre, dass ich schweige", versprach Verena ihr. „Ich muss dir übrigens auch was beichten."

„Was denn?", fragte Natascha neugierig.

„Ich habe mit Hilber geknutscht. War gar nicht mal so schlecht."

„Echt jetzt?!", quietschte Natascha und schlug sich die Hand vor den Mund. „Ich dachte, der wäre so ein verklemmter Ministrant!"

„Ich doch auch! Stell dir vor, er hat mich auf ein Eis eingeladen, mitten im Winter. Aber dann war er echt nett und hat mir richtig zugehört. Irgendwie hat ihn alles, was ich erzählt habe, interessiert. Dann waren wir noch spazieren, und am Abend, als er mich heimgebracht hat, hat er mich vor der Haustür geküsst. Erst ganz vorsichtig …"

„Und dann?"

Verena kicherte. „Na ja, dann habe ich ihm gezeigt, wie es richtig geht."

„Und seid ihr jetzt auch …?"

„Zusammen, meinst du? Keine Ahnung … ich lass ihn zappeln. Er soll sich schon ein wenig anstrengen. Und ihr? Habt ihr eigentlich schon mal … Sex und so?"

Natascha nickte. „Ja, haben wir, und wie. Ich krieg gar nicht genug davon. Aber so besoffen wie er jetzt schon ist, wird's heute Abend wohl eher nix mehr."

„Dann besaufen wir uns jetzt einfach genauso wie sie. Man soll ja immer den gleichen Pegel haben", beschloss Verena und zog Natascha an der Hand zurück in das dunkle Gewölbe, wo einige Jungs gerade dabei waren, ein Lagerfeuer anzuzünden.

„Spinnt ihr?", schrie Verena. „Wir ersticken hier ja bei dem ganzen Rauch!"

„Krieg dich wieder ein", lachte Georg, „ist doch nur ein kleines Feuer."

Dann klopfte er Martin, der wegen der Rauchschwaden mit einem heftigen Hustenanfall kämpfte, auf den Rücken.

„Also abgemacht. Morgen Nachmittag beginnt die Mission Edelweiß."

*

Magdalena von Edelstain hakte sich bei Andreas Schmalzl unter. Gemeinsam spazierten sie schweigend durch den Margarethenwald, der sich zwischen Terlan und der Fraktion Siebeneich am Fuße der roten Felswände erstreckte.

„Wie ungewöhnlich grün es hier noch ist", bemerkte die Gräfin, „dabei ist doch schon Dezember."

„Hier im Wald bei Margarete ist das Klima schon seit jeher ein wenig angenehmer, vor allem, wenn du an meiner Seite bist."

„Du schmeichelst mir zu Unrecht, lieber Andreas. Ich freue mich darüber, dass du heute Zeit gefunden hast, dich mit mir ins Mittelalter zu begeben."

Sie bogen links ab, die Schotterstraße führte sie direkt zu der Veranstaltung *Tirol 1400*, bei der sich Sigmund von Niedertor und sein Gefolge alljährlich trafen, um das Mittelalter noch einmal aufleben zu lassen. Magdalena begrüßte den Obmann des Gefolges mit einem angedeuteten Knicks. In seinem roten Gewand mit dem mächtigen Wams zeigte der Herr mit Schnauzbart den Besuchern, wie man zu jener Zeit seine Rechnungen auf eigens dafür angefertigten Brettern ablesen konnte, schließlich genoss das einfache Volk damals noch keine Schulbildung. Zwei Mägde demonstrierten, wie Wolle und Stoffe in einem Sud aus Krappwurzeln rot gefärbt wurden. Eine Näherin stellte ihr Kleid aus Wollstoff vor, das sie in wochenlanger Handarbeit eigenhändig angefertigt hatte. Gegenüber hatte man unter einer Zeltplane eine Küche aufgestellt, in der allerlei Speisen aus Fleisch und Gemüse gekocht wurden und Aufschnitt gereicht wurde.

„Ich bin zwar recht vernarrt in das Mittelalter und all seine Bräuche", gab Andreas zu, „doch eines vermisse ich in unserer heutigen Zeit ganz bestimmt nicht: das damalige Essen. Da ist mir unsere moderne Küche wahrlich lieber."

Magdalena von Edelstain lachte. „Was der Bauer nicht kennt …"

„… hat er auch damals schon nicht gegessen", beendete Andreas Schmalzl das Sprichwort.

Magdalena von Edelstain sah sich unter den Besuchern um. Viele Familien hatten sich eingefunden, um der Inszenierung der Reenactmentgruppe beizuwohnen. Auch ein paar Kinder waren unter den Darstellern, sie spielten mit ihren Holzschwertern und tobten ausgelassen durch den Margarethenwald.

Magdalena ließ Andreas kurz allein und ging ein paar Schritte, um den Färberinnen bei ihrer Arbeit zuzusehen und die ruhige Stimmung auf sich wirken zu lassen. Ob es sich wohl tatsächlich so zutrug, damals, im 14. Jahrhundert, als Margarete von Tirol-Görz hier mit harter Hand regierte? Die Mode zu jener Zeit musste dieser hier zumindest geähnelt haben. So trugen die Mägde niemals weite Ärmel, weil sie sie beim Arbeiten störten. Margarete war eine Herrscherin gewesen, die sich sicherlich die schönsten Stoffe leisten konnte, vielleicht kleidete sie sich in Samt und Brokat. Ihr Kleid war bodenlang gewesen, nicht über dem Knöchel endend wie das der Arbeiterinnen. Vielleicht hatte sie ebenso spitz zulaufende Schuhe wie Sigmund von Niedertor getragen, die von Reichtum zeugten: Eine Herrscherin brauchte kein bequemes Schuhwerk, sondern musste mit ihrer Kleidung zeigen, zu welch gehobener Gesellschaftsschicht sie gehörte. Es ging, damals wie heute, einfach nur ums Geld, dachte Magdalena von Edelstain und versuchte, sich die enorme Summe des Erbes vorzustellen, das sie nun verwalten durfte. Dann griff sie mit der rechten Hand nach dem Ring an ihrem linken Ringfinger. Ein wenig hatte sie sich schon an das schwere Erbstück gewöhnt, doch die

Angst, es zu verlieren, begleitete sie ständig. Er war ein wenig zu weit für ihre schmalen Finger, vielleicht sollte sie zu einem Juwelier gehen, um ihn enger machen zu lassen. Dies würde jedoch bedeuten, ihn für einige Tage in der Obhut eines anderen lassen zu müssen. Sie verwarf den Gedanken und widmete sich wieder den Erklärungen der beiden Färberinnen.

Sie bedankte sich bei den Frauen, wandte sich langsam ab und schloss die Augen. Das nahe Feuer schenkte ihrem Rücken Wärme, die Speisen ließen einen feinen, würzigen Duft zu ihr dringen. Die Kinder quiekten vergnügt, eine Italienerin erzählte einer Freundin mit lauter Stimme, was sie dieses Jahr zu Weihnachten kochen würde. Ein Mann beschwerte sich über das schlechte Wetter, obwohl gerade die Sonne schien. Eine ältere Dame jammerte, weil ihre neue Hüftprothese ihr Schmerzen bereitete. Die Näherin erzählte noch einmal, wie sie in Handarbeit ihr Kleid fertiggestellt hatte. Hinter ihr rasselte ein Kettenhemd, dann hörte sie das Klingen zweier Schwerter. Ein kleiner Junge wurde zum Ritter geschlagen und erzählte gleich darauf stolz seinem Vater davon.

Etwas aber störte die Idylle, es war wie ein heftiger Ruck, der Magdalena von Edelstain schwanken ließ. Ihr Herz stolperte, ihre Nackenmuskeln spannten sich an, ihr Kopf fühlte sich heiß an, dann wurde ihr eiskalt. Da sah sie plötzlich das Gesicht ihrer Schwester vor sich, die sich vor einem halben Jahr das Leben genommen hatte. Sie sah sie so deutlich vor sich wie in den Träumen, in denen Agnes sie regelmäßig besuchte oder vielmehr: heimsuchte. Es waren wirre Träume, in denen ihre Schwester ihr als Kind erschien, in einem weißen Kleid, weinend, ihre Eltern um Liebe anbettelnd. Sie selbst, ihre große Schwester, schrie sie in diesen Träumen an, zeigte ihr hässliche Fratzen und beschimpfte sie grob. Aus jedem Traum, in dem Magdalena versuchte, mit ihrer toten Schwester zu kommunizieren, erwachte sie schweißgebadet und verzweifelt. Hätte sie sich doch bloß mit ihr versöhnt. Hätte Agnes sich doch bloß gegen ihren Mann wehren können, ihm ein einziges Mal nicht gehorcht, dann wären die beiden Schwestern jetzt im Reinen und Magdalena hätte sie gehen lassen können.

Magdalena öffnete die Augen, Andreas stand neben ihr und legte ihr besorgt seinen Arm um die Schultern.

„Was ist los? Ist dir kalt? Du zitterst ja, Magdalena."

„Nein, es ist alles gut. Ich vermisse nur meine Schwester."

„Was ist mit ihr?"

„Ich sehe sie manchmal noch vor mir."

„Verzeih mir, Magdalena, ich verstehe nicht ganz."

„Meine Schwester Agnes. Sie ist vor einem halben Jahr ganz plötzlich von uns gegangen."

„Das tut mir sehr leid. Wo hat sie gelebt? Auch in Klagenfurt?"

„Nein, sie war hier in Dorf Tirol mit einem Lehrer verheiratet. Nur war sie leider schwer depressiv und hat sich auch mit der gesamten Familie zerstritten. Wir hatten nie die Möglichkeit, uns auszusprechen. Aber ich möchte dich nicht mit diesen Familienangelegenheiten behelligen. Lass uns noch ein paar Schritte gehen, es ist doch recht kühl hier."

„Findest du? Also mir ist fast so warm wie im Sommer."

„Ja, ich habe gerade eben einen eisigen Luftzug gespürt."

„Magdalena, verzeih mir meine Neugier, aber mit wem war Agnes verheiratet?"

„Mit Peter Schlosser."

„Ach, der Geschichtslehrer aus dem Johanneum? Ich kenne ihn flüchtig, ich hatte einmal bei einer Fortbildung das Vergnügen mit ihm. Ein ziemlich wortkarger Stoffel, findest du nicht? Jedenfalls habt ihr euch knapp verpasst. Er war da vorne beim Obmann, ich habe ihn noch gegrüßt, aber er musste schon wieder gehen. Er schien sehr in Eile zu sein."

Ihr schwindelte, sie suchte Halt an Andreas' Arm. Erschrocken hielt er die Gräfin fest und suchte nach einer Sitzgelegenheit.

„Bitte entschuldige, Andreas. Ich mache dir nur Umstände. Vielleicht ist es besser, wir gehen wieder. Würdest du mich bitte noch zum Parkplatz begleiten? Lutz müsste schon da sein."

„Ich kann dich doch in diesem Zustand nicht alleine lassen, Magdalena!", rief Andreas. „Du bist ja völlig durcheinander. Kann ich denn irgendetwas für dich tun? Wann hast du das letzte Mal etwas gegessen?"

„Es ist nicht der Kreislauf, Andreas. Bitte, bring mich einfach nur zum Auto."

„Was ist es denn dann? Ich werde mit dir fahren und auf dich aufpassen. Wenn du schon keinen Leibwächter willst, musst du eben mit einem Kulturreferenten vorliebnehmen."

„Das kommt überhaupt nicht infrage. Ich habe dich lange genug aufgehalten."

„Es wäre mir wirklich lieber, wenn ich bei dir sein dürfte, Magdalena."

Die Gräfin nickte ergeben und ließ sich dann von Andreas zum wartenden Auto führen.

„Eine Nacht, Andreas. Dann werden wir uns verabschieden", beschloss sie leise und legte ihm sacht den Zeigefinger auf den Mund, bevor er ihr widersprechen konnte.

Kapitel 12
13. Dezember 2022

Filippo Magnabosco lauschte in die Dunkelheit seiner Wohnung. Der kalte Duft des Abendessens hing noch in der Luft, sein Magen rumorte und versuchte, mit der üppigen Portion frittierter Auberginen fertigzuwerden, die die Nonna ihm nach den Vorspeisen, dem Nudelgericht und vor der Pannacotta als Nachspeise auf den Teller gehievt hatte. So gut wie in diesen Tagen, in denen Carmelas Großmutter für sie kochte, hatte er schon lange nicht mehr gegessen. Vorbei waren die Zeiten, in denen er abends eine Fertigpizza in seinen Miniofen steckte oder langweilige Tomatensoße mit seinen verkochten Spaghetti vermischte. Vorbei war auch die Diät, die Carmela ihm verordnet hatte. Sie waren übereingekommen, dass er sich bei gewissen Speisen und vor allem beim abendlichen Bier zurückhielt und mindestens zweimal pro Woche nach der Arbeit Edoardo in seinem Kinderwagen am Bozner Talferufer entlangschob.

Gegen halb vier Uhr morgens fand der Kommissar noch immer keinen Schlaf. Zu den Magengeräuschen und dem Sodbrennen gesellten sich nun die Gedanken an das Skelett der Habsburgerin. Doch noch viel mehr machten ihm die vermissten Personen und die verzweifelte Verena zu schaffen, die um ihren Freund bangte und mit ihren Nerven am Ende war. Zudem sollte er morgen den Lehrer Schlosser im Altersheim befragen und für den Nachmittag hatte er Georg Staffler zum Verhör einbestellt. Am Telefon hatte sich dieser heftig gewehrt und war ausfällig geworden, aber er hatte ihm deutlich gemacht, dass die Einladung keine Verhandlungssache war. Schließlich hatte er eingelenkt.

Über diesen Gedanken nickte Magnabosco kurz ein, wachte aber um vier Uhr schweißgebadet und mit leichter Übelkeit wieder auf. Er setzte sich auf, suchte nach seinem Wasserglas und trank einen Schluck. Das kühle Nass tat ihm gut, es löschte das Brennen, das sich in seiner Speiseröhre festgesetzt hatte. Er sah zu Carmela hinüber, ihr dichtes Haar verdeckte ihr Gesicht, sie schnarchte leise. Magnabosco stand auf, tapste leise zu Edoardos Bettchen und deckte seinen Ziehsohn, der sich freigestrampelt hatte, vorsichtig wieder zu.

Er hatte ihn in seinem Traum gesehen, Martin Hilber. Er hatte um Hilfe geschrien, sein Gesicht war blutig, er hatte die Hand nach Magnabosco ausgestreckt. Doch er hatte ihn nicht greifen können, immer wieder war ihm seine Hand entglitten, dann war er gefallen, sehr tief, von den Mauern der Burgruine Maultasch. Magnabosco betrat leise das Badezimmer, wusch sich das Gesicht mit kaltem Wasser, dann nahm er die Autoschlüssel und folgte seiner Eingebung, die er schon nach der Befragung der Freundin des Vermissten, Verena Psenner, in Terlan gehabt hatte.

Magnabosco parkte sein Auto wieder unterhalb der Burgruine, zog seine Daunenjacke, die er ausnahmsweise statt seiner Lederjacke angezogen hatte, an und streifte seine warmen Wollhandschuhe über. In die Innentasche seiner Jacke steckte er die kleinere der beiden Taschenlampen, fühlte noch einmal nach, ob seine Dienstwaffe im Halfter steckte, und suchte im Strahl der zweiten Lampe den Weg durch den Wald. Ein Fauchen und ein paar leuchtende Katzenaugen ließen ihn kurz aufschrecken, dann herrschte wieder Stille. Ein Ast knackte, irgendwo kullerte ein Steinchen von den Felswänden. Magnabosco blickte sich um, keine Menschenseele war zu sehen. Vom Aufwärtsgehen war ihm warm geworden, er öffnete den Reißverschluss der Daunenjacke. Was um Himmels willen tat er hier, mitten in der Nacht und völlig alleine in diesem Wald unterhalb der Burgruine, fragte er sich, blieb kurz stehen und ging dann doch weiter. Bald stand er an den Steinstufen, wo Andreas Schmalzl ihn vor Kurzem in Empfang genommen hatte.

Er leuchtete den Weg ab und tastete sich langsam vorwärts. Bald schon stand er auf der kleinen Holzbrücke, die in die Ruine hineinführte. Sie wurde von orangenem Licht angestrahlt, das sie in eine mystische und zugleich anmutige Atmosphäre tauchte. Er ging weiter hinein in den Haupttrakt der Burg. Das Absperrband über der Zisterne, in der sie das Skelett der Magdalena von Edelstain gefunden hatten, zitterte ein wenig im kühlen Wind. Er betrachtete die angeleuchteten Mauern, sog die kalte Winterluft tief ein und stieß dampfenden Atem aus. Kurz hörte Magnabosco in sich hinein, die Blockade in seinem Magen hatte sich nach dem kurzen, aber anstrengenden Spaziergang gelöst. Dann war diese nächtliche Unternehmung also doch für etwas gut gewesen, dachte er und musste unwillkürlich lächeln.

Er hielt noch etwas inne, suchte sich dann eine Sitzgelegenheit und spulte den gesamten Fall noch einmal vor seinem inneren Auge ab. Martin Hilber würde wieder auftauchen, beruhigte er sich selbst. Es würde ihm schon nichts passiert sein. Sein Unterbewusstsein hatte ihm einfach nur einen gemeinen Streich gespielt. Um vier Uhr fünfundvierzig verließ Magnabosco den Innenhof der Burgruine Maultasch und blieb nur kurz stehen, als er ein leises Gurgeln aus dem Felsengang, der als großer Raum im nördlichen Vorbau der Burg endete, vernahm.

Sicher ein Tier, dachte sich Magnabosco und leuchtete in die Richtung des Tunnels, der in den seitlichen Trakt der Ruine hineinführte. Ihm wurde ein wenig mulmig, hoffentlich hatte sich kein Wildschwein oder gar ein Wolf hier versteckt. Magnabosco nahm seine Waffe, entsicherte sie und hielt sie im Anschlag.

Als er in die Höhle hinabsteigen wollte, stieß er gegen etwas Weiches und stolperte, sodass er beinahe der Länge nach auf den Kiesboden gestürzt wäre. Hektisch suchte er nach seiner Taschenlampe, die dabei auf den Boden gefallen war. Er leuchtete das Hindernis an und sah direkt in das blutüberströmte Gesicht eines Mannes. Magnaboscos Herz schlug Sturm, er stürzte sich auf ihn, fühlte seinen Puls, doch da war nichts außer kalter Haut. Zitternd suchte er nach einem Platz, an dem die Taschenlampe den leblosen Körper beleuchten würde, sie kollerte zur Seite, Magnabosco fluchte und fixierte sie mit einem Stein. Dann hielt er dem Mann die Hand vor Mund und Nase. Keine Atmung, kein Lufthauch ging von ihm aus. Er überstreckte seinen Kopf, das Blut am Schädel war geronnen. Zweimal beatmen, dreißigmal das Herz massieren. Zweimal beatmen, dreißigmal massieren. Gleichzeitig suchte er nach seinem Mobiltelefon und wählte die 112, wieder beatmen, wieder massieren. Es knackte in seiner Brust, vermutlich hatte Magnabosco ihm eine Rippe gebrochen.

„Notrufzentrale", meldete sich ein Mann.

„Magnabosco, Polizia di Stato", schrie er atemlos ins Telefon, das neben ihm am Boden lag.

„Was kann ich für Sie tun?"

Dreißigmal massieren, zweimal beatmen.

„Hallo?", fragte der Mann in der Notrufzentrale wieder. „Wo sind Sie?"

„Terlan, Burg Maultasch. Ich habe hier einen Schwerverletzten. Sofort Bergrettung, Notarzt, alles, was Sie mobilisieren können. Der stirbt mir gerade davon."

Dreißigmal massieren, zweimal beatmen. Schweißtropfen liefen über Magnaboscos Stirn und in seine Augen. Wütend wischte er sie weg.

„Wir sind sofort bei Ihnen. Halten Sie ihn irgendwie warm. Und weiter beatmen, zweimal. Sie machen das ganz richtig so, Herr Magnabosco."

Magnabosco riss sich die Daunenjacke vom Leib und warf sie dem Mann über die Beine.

„Hey!“, schrie er verzweifelt. „Verdammt, wach auf. Sie kommen gleich, dann wird alles gut.“

Magnabosco weinte plötzlich bitterlich. Tränen flossen über seine Wangen, gemischt mit dem Schweiß, er beatmete ihn weiter, massierte das Herz des Mannes, ohrfeigte ihn vorsichtig, immer in der Hoffnung, dass er endlich seine Augen wieder öffnen würde.

Der Schein einer Taschenlampe flackerte auf, eine Hand legte sich auf Magnaboscos Schulter.

„Filippo“, sagte eine sanfte Stimme zu ihm. Dann spürte er eine Hand, die seine Brust umfasste und ihn langsam von dem Toten wegzog. Magnabosco wollte sich losreißen, er musste weiter beatmen und massieren.

„Filippo, hör auf. Du kannst nichts mehr für ihn tun.“

Er drehte sich um, Carmela kniete hinter ihm und nahm vorsichtig seine Hand von dem Leichnam, den er seit einer halben Stunde ohne Unterlass wiederzubeleben versucht hatte. Magnabosco stand schwer atmend auf, seine Knie schmerzten, er zitterte vor Erschöpfung.

„Ich muss seinen Ausweis suchen“, sagte er leise. „Der muss hier irgendwo liegen …“

„Ich werde ihn suchen, Filippo. Geh bitte raus.“

*

Der Notarzt, zwei Sanitäter und ein Bergretter traten in den Tunnel. Ihnen folgten einige Feuerwehrmänner mit Scheinwerfern und der Staatsanwalt. Sie klopften Magnabosco sachte auf die Schulter, der Staatsanwalt begrüßte ihn leise und gab ihm die Hand.

„Danke, Filippo. Die Spurensicherung wird sicher gleich hier sein“, sagte er.

„Hat er noch gelebt, als Sie ihn gefunden haben?“, fragte der Notarzt.

„Ich glaube schon, ein wenig zumindest“, sagte Magnabosco schwach. „Ich habe doch alles versucht, ich habe doch ... dreißig Mal massieren, zwei Mal beatmen ... Wieso ist er denn dann gestorben?“

„Ich fürchte, er lag einfach schon zu lange hier“, antwortete der Notarzt. „Er ist völlig ausgekühlt. Und diese Kopfwunde ... Der Kerl muss ganz schön was mitgemacht haben in seinen letzten Stunden.“

Magnabosco wollte sich noch einmal zu ihm umdrehen, doch Carmela packte resolut seine Hand und zog ihn aus dem niedrigen Gang.

„Meine Taschenlampe und meine Waffe sind noch da drin.“

„*Va bene*, aber erst sollen sie ihn hier herausholen“, ordnete Carmela an.

Magnabosco nickte. Die Schwäche ergriff seinen gesamten Körper.

„Ich muss etwas trinken, hast du Wasser?“, fragte er.

„Natürlich, Filippo. Komm, komm an die frische Luft. Hier draußen geht es dir sicher gleich besser.“

Ohne noch einmal zu widersprechen, trat er leise ins Freie und setzte sich auf die kleine Holzbank vor dem Eingangstor.

Einige Minuten später trugen vier Helfer den zugedeckten Leichnam des Mannes auf einer Bahre an ihm vorbei und den steinigen Weg hinunter zum Parkplatz.

Carmela kam langsam auf ihn zu und setzte sich neben ihn.

„Ich habe seinen Ausweis gefunden."

„Martin Hilber", riet Magnabosco und hoffte, dass Carmela verneinen würde.

Doch Carmela nickte. Zärtlich zog sie Magnabosco an sich heran. In diesem Moment konnte der Kommissar nicht mehr an sich halten. Er brüllte laut auf und schrie den Schmerz hinaus, den diese Ohnmacht in ihm verursacht hatte. Carmela spürte, dass er einen Moment lang allein sein musste, und ging zurück in den Tunnel, um Magnaboscos Dienstwaffe, die Taschenlampe und die Daunenjacke zu holen. Als sie zurückkam, saß der Kommissar allein im Dunkeln und weinte leise.

„Komm, wir fahren nach Hause. Unser Sohn wartet auf uns. Und die Nonna macht sich auch Sorgen."

*

„Dass Sie Herrn Schlosser ausgerechnet jetzt verhören müssen. Hätte das nicht bis nach Weihnachten Zeit gehabt?", fragte die Pflegeleiterin des Altenheims, das sich am Ortsrand von Dorf Tirol befand. „Im Dezember geht es ihm immer sehr schlecht. Da vermisst er seine Agnes am meisten."

Mit bitterer Miene erhob sie sich von ihrem Bürostuhl und brachte Magnabosco und Carmela zu Schlossers Zimmer. Magnabosco sah sich in den Gängen um, es roch bereits jetzt um zehn Uhr vormittags nach Gemüsesuppe. Ein alter Mann mit einem Rollator kam direkt auf ihn zu und gab ihm die Hand.

„Frohe Weihnachten, mein Junge", wünschte er dem verdatterten Magnabosco. „Schön, dass du dich auch mal wieder blicken lässt."

„Kennst du ihn?", fragte Carmela überrascht.

„Nein", antwortete Magnabosco und sah ihm nach, wie er langsam den Gang entlangfuhr und in einem der vielen Zimmer verschwand. „Er muss mich verwechselt haben."

Die Pflegeleiterin, auf deren Namensschildchen Hildegund zu lesen war, blieb vor Zimmer Nr. 23 stehen. Sie klopfte an, wartete aber keine Antwort ab und öffnete vorsichtig die Tür. Durch den Spalt konnte Magnabosco einen schmächtigen Mann mit grauem, schütterem Haar erkennen. Er saß bewegungslos vor dem Fenster.

„Das ist Herr Schlosser. Ich muss weiter. Die Psychologin ist auch gleich da. Den Pfleger können Sie mit dem roten Knopf am Nachtkästchen rufen. Beeilen Sie sich aber bitte, um halb zwölf gibt es Mittagessen. Und wie gesagt: Seien Sie freundlich und geduldig mit ihm."

„Keine Sorge, wir wissen uns zu benehmen", entgegnete Magnabosco, dem die Anweisungen so langsam zu viel wurden. Er hatte keine Minute geschlafen und einer seiner vermutlich wichtigsten Zeugen für den Mordfall war tot, nun sollte er auch noch die Erinnerungen eines Alzheimerpatienten wecken und am Nachmittag Georg Staffler vernehmen, der sich noch wenig kooperativ gezeigt hatte. Sein einziger Lichtblick an diesem Tag war das Abendessen, das die Nonna ihnen sicherlich zubereiten würde, auch wenn sein Appetit nach dieser Nacht bislang ausgeblieben war. Nicht einmal die Weihnachtskekse, die er mit einem Gruß von Pamela Biscotti an diesem Morgen auf seinem Schreibtisch vorgefunden hatte, hatte er angerührt.

„Guten Tag", begrüßte eine freundliche Frauenstimme das Ermittlerpaar. Magnabosco fuhr herum und blickte in das Gesicht einer attraktiven Mittfünfzigerin, die über den Gang auf sie zueilte. „Mein Name ist Reinstadler. Ich bin die Psychologin. Sie müssen also Herrn Schlosser vernehmen?"

„Nun, zunächst wollen wir ihn nur befragen. Sie haben ja sicher von dem Skelettfund auf Burg Maultasch gehört. Herr Schlosser könnte uns unter Umständen in diesem Fall weiterhelfen."

Magnabosco klärte sie kurz über den Stand der Ermittlungen auf.

„Und wie kann ich Ihnen dabei behilflich sein?", fragte Frau Reinstadler. Beim Sprechen verengte sie ihre Augen und rümpfte die Nase ein wenig. Magnabosco konnte sich ein Lächeln nicht verkneifen.

„Sie können uns vielleicht sagen, ob er die Wahrheit sagt oder ob er nur fantastiert", erklärte Carmela. Auch sie lächelte die Frau an. „Schließlich hat er Alzheimer, *corretto*?"

„Ja, Herr Schlosser ist schwer dement. Allerdings haben wir vielleicht Glück und können seinem Langzeitgedächtnis sogar trauen. Versuchen wir es einfach", munterte sie die Polizisten auf und drückte kurz Magnaboscos Arm. Diese kurze Berührung tat ihm so gut, dass er am liebsten ihre Hand genommen hätte.

Schlosser sah mit glasigen Augen in die Runde, die sich um seinen Rollstuhl versammelt hatte.

„Ist schon Essenszeit?“, fragte er. Er hob seine Hand, als wolle er sich am Kopf kratzen, dann ließ er sie kraftlos wieder sinken. Kurz blickte er fragend auf seine Hand, als erinnere er sich nicht mehr daran, was er tun wollte.

„Nein, die Herrschaften sind von der Polizei“, erklärte Frau Reinstadler freundlich. „Sie haben ein paar Fragen an Sie, Herr Schlosser.“

„Aber ich habe der alten Steger kein Geld gestohlen. Ich habe das doch alles schon Schwester Hildegund gesagt. Sie können mir das nicht anhängen“, entgegnete er mit wütendem Gesicht. „Fragen Sie doch lieber mal die Putzfrau, die hat ihre Finger schließlich überall.“

„Darum geht es doch gar nicht, Herr Schlosser. Das hier sind Herr Magnabosco und Frau Pasqualina von der Kriminalpolizei. Man hat in der Burg Maultasch das Skelett einer Frau gefunden, die Sie vielleicht gekannt haben.“

„Ich kenne keine Frauen.“

„Diese vielleicht schon“, brachte Magnabosco sich nun ein und zeigte Schlosser den Ausdruck der Anthropologin, der das Gesicht der Gräfin von Edelstain zeigte.

Schlossers rechtes Augenlid zuckte, er blieb aber still sitzen.

„So muss die Frau zu Lebzeiten ausgesehen haben. Das ist etwa zwanzig Jahre her, vielleicht auch ein paar mehr. Sie waren damals Mitte sechzig. Erkennen Sie die Frau, Herr Schlosser?"

„Pah", machte Schlosser und fuchtelte mit der Hand, als wolle er das Bild verscheuchen. „Stecken Sie das Bild weg."

„Sie kennen sie also?", fragte Magnabosco vorsichtig.

„Natürlich, diese Hure war meine Schwägerin", knurrte er. „Wo haben Sie sie gefunden? In der Burg?"

Magnabosco war irritiert.

„Warum nennen Sie die Frau eine Hure, wenn Sie mit ihr verwandt waren?"

„Eine Mörderin sollte ich sie nennen, eine Erbschleicherin und Hure. Ich finde gar nicht genügend Ausdrücke!"

Schlosser wedelte immer heftiger mit der Hand, versuchte, nach dem Bild zu greifen, und starrte die Kommissare wutentbrannt an. „Ist ihr nur recht geschehen, dass sie da oben verrottet ist!"

„Moment, Herr Schlosser. Das müssen Sie uns jetzt genauer erklären. Warum feinden Sie Frau von Edelstain so an? Was ist vorgefallen?"

Plötzlich wurde der alte Mann ganz klar und sprach: „Sie hat meine Frau Agnes um ihr Erbe betrogen und wollte das viele Geld verjubeln. Und meine Schule kaufen, mein Johanneum. Mir den Boden unter den Füßen wegreißen. Sie wollte mir alles nehmen, was mir lieb und teuer war. Und dann habe ich sie umgebracht. Ich habe mein Messer genommen und sie da oben auf Burg Maultasch abgestochen wie ein Schwein. Und wie sie dabei gequiekt hat, herrlich! Dann habe ich sie begraben und bin wieder gegangen. So, da haben Sie Ihren Mörder. Aber glauben Sie mir, ich habe dem Land Südtirol damit einen riesigen Gefallen getan."

Schlosser war plötzlich aufgestanden. Seine Finger krallten sich in den gelben Fenstervorhang. „Ach, wenn Sie nur wüssten, wie gut der Gedanke an den Tag tut, an dem ich ihr das Licht ausgeschaltet habe."

Magnabosco atmete schwer, er stand auf, musste Abstand zu dem hasserfüllten Mann gewinnen. Er sah der Psychologin ins Gesicht, ihre Züge waren eingefroren, ihre heitere Mimik völlig verstummt. Sie räusperte sich.

„Sind Sie sich auch ganz sicher, dass das, was Sie da behaupten, wirklich so geschehen ist?", fragte sie Schlosser eindringlich. Ihre Stimme klang rau. „Es ist wichtig, dass Sie sich ganz genau daran erinnern."

„Natürlich!", rief er und drehte sich um. Seine rechte Hand zitterte heftig. Er griff mit seiner Linken danach, als wollte er der Hand Einhalt gebieten. „Ich habe meine Frau gerächt. Und meine Schule. Diese Edelstain war keinen Deut besser als ihre Urahnin Margarete Maultasch, die die Macht über ganz Tirol an sich reißen wollte. Es wundert mich, dass nach ihrem Auftauchen keine Pestwelle über das Land gerollt ist und wir nicht von Heuschreckenschwärmen heimgesucht wurden."

„Wir sollten das Gespräch hiermit beenden", beschloss Magnabosco. „Wir nehmen Sie jetzt mit."

„Wohin denn?", krächzte Schlosser und lachte plötzlich. „Wollen Sie einen über Achtzigjährigen noch in eine Zelle sperren? Hat der Staat so viel Geld übrig? Ich könnte bereits heute Nacht das Zeitliche segnen."

„Dann sind wir für das Urteil ja noch nicht zu spät dran, Schlosser. Das kann in Fällen wie dem Ihren manchmal richtig schnell bei uns gehen."

An diesem Punkt schaltete sich die Psychologin ein: „Es tut mir leid, aber ich fürchte, Sie können Herrn Schlosser wirklich nicht mitnehmen. Sein Zustand lässt es nicht zu, dass er an einen anderen Ort gebracht wird. Oder können Sie garantieren, dass jemand vor Ort auf ihn aufpasst?"

„Aber er wirkt doch ganz klar", bemerkte Magnabosco, „und er hat gestanden."

Er sah zu Schlosser, der jetzt wieder im Rollstuhl saß und ihm nur einen leeren Blick schenkte. Wahrscheinlich hatte die Psychologin recht. Ohne Beweise konnte er den alten Mann ohnehin nicht überführen und jedes psychologische Gutachten würde ihm in die Karten spielen.

„Wir kommen wieder", sagte er drohend zu Herrn Schlosser und verließ gemeinsam mit Carmela das Zimmer.

*

Um Punkt fünfzehn Uhr wurde Georg Staffler von einem Beamten der Staatspolizei in den Verhörraum begleitet. Magnabosco beendete das Telefonat mit Gruber, der ihm gerade mitgeteilt hatte, dass die Wunde an Hilbers Hinterkopf etwa eine Woche alt sein musste, und nickte dem Polizisten zu, der daraufhin den Raum verließ. Hinter der Spiegelglaswand standen Carmela und sein Vorgesetzter Nothdurfter. Magnabosco schaltete das Mikrofon ein, nannte den Namen des Befragten, sein Alter und die Wohnadresse. Dann schwieg er und sah Georg direkt in die Augen. Dieser wich seinem Blick aus.

„Was wollen Sie von mir?“, fragte er mürrisch. „Ich habe nichts getan und will hier raus.“

Magnabosco antwortete knapp: „Je eher Sie unsere Fragen beantworten, umso eher können Sie auch wieder gehen. Also kommen wir zur Sache.“

Er drehte das weiße Blatt um, das er vor sich auf den Tisch gelegt hatte. „Das ist Magdalena von Edelstain. Sagt Ihnen der Name etwas? Sie war vor über zwanzig Jahren hier in Südtirol und ist in der Burg Maultasch bei Terlan getötet worden.“

„Kenne ich nicht“, brummte Staffler.

„Sie waren damals Schüler im Johanneum, standen wahrscheinlich kurz vor Ihrem Abschluss. Die letzte Klasse war 2001 dort untergebracht, danach wurde die Schule geschlossen.“

„Ja, und?“

„Frau von Edelstain wollte die Schule kaufen und ein Mädcheninternat daraus machen lassen. Zu dem Kauf ist es aber nie gekommen, weil sie kurz davor getötet wurde.“

„Was geht mich das alles an?“, rief Georg Staffler und schnippte das Blatt Papier weg. „Mir war die Schule scheißegal. Ich hatte überhaupt keinen Bock auf die Paukerei und wollte einfach nur das machen, was ich heute auch noch tue. Im Wald arbeiten und meine Ruhe haben."

Magnabosco öffnete einen Aktenordner und legte Staffler das vermoderte Halskettchen mit dem Eulenanhänger in einer Asservatentüte vor. Georg Stafflers Augen weiteten sich kurz, er zog die Schultern zurück.

„Dieses Kettchen kennen Sie aber schon?", fragte Magnabosco.

Staffler nickte unmerklich.

„Das ist von Ihrer Ex-Freundin Natascha."

Er schluckte.

„Wo haben Sie das her?"

„Es lag im Grab der Gräfin. Direkt neben dem Skelett. Wie ist es dorthin gekommen, Herr Staffler? Fällt Ihnen dazu etwas ein?"

„Vielleicht hat sie sie ja umgebracht."

„Da fällt mir übrigens etwas ein, Herr Staffler. Wann haben Sie Natascha das letzte Mal gesehen?"

„Ist schon eine Weile her. Wir haben keinen Kontakt mehr."

„Ich könnte mir vorstellen, dass es erst vor einigen Tagen war, als Martin Hilber seinen Wagen oben am Schenner Waalweg abgestellt hat. Haben Sie drei sich dort oben getroffen?

„Fragen Sie doch Hilber, was er am Schenner Waalweg gemacht hat. Ich war jedenfalls nicht dort."

„Das geht nicht, Herr Staffler", sagte Magnabosco kühl und drehte ein weiteres Foto um, auf dem Hilbers totes Gesicht zu sehen war. „Martin Hilber ist tot. Wir haben ihn heute Morgen auf Burg Maultasch gefunden.

Er wurde mit dem Kopf gegen eine Steinwand geschleudert und ist dann jämmerlich erfroren. Er hätte gerettet werden können."

„Dann fragen Sie Natascha."

„Nach Natascha wird gesucht. Sie ist als vermisst gemeldet."

„Das ist so typisch. Kaum gibt's Probleme, haut die Alte ab!", rief Staffler, stand auf und klopfte an die Tür. „Lassen Sie mich endlich hier raus. Mir ist schlecht!"

„Setzen Sie sich sofort wieder hin", befahl Magnabosco. „Wir sind hier noch lange nicht fertig. Wo ist Natascha? Und wo waren Sie am Abend des 5. Dezember zwischen zwanzig und zweiundzwanzig Uhr?"

„Am Krampusabend?", fragte Staffler. Er sah blass aus.

„Ja, am 5. Dezember. Hilber war seit diesem Tag abgängig. Wo waren Sie?"

„Ich habe gearbeitet, bis es finster war."

„Also bis gegen sechzehn Uhr dreißig?"

„Ja."

„Und dann?"

„Danach bin ich zu meinen Eltern gefahren. Wir haben zusammen zu Abend gegessen. Gegen zweiundzwanzig Uhr war ich dann wieder bei mir zu Hause."

„Sie wohnen alleine?"

Staffler nickte.

„Keine Zeugen also? Irgendjemand, der Sie um die Uhrzeit gesehen haben könnte?"

„Ich sage nichts mehr."

„Wo befindet sich Natascha Delmonego?"

Staffler schwieg weiter. Immer wieder atmete er tief durch und rutschte ungeduldig auf seinem Stuhl hin und her. Magnabosco sah den Schweiß auf seiner Stirn.

„Welches Verhältnis hatten Sie damals im Johanneum mit Ihrem Lehrer Schlosser? Sie haben sich ja damals im Köhl'n Keller etwas lustig über ihn gemacht."

„Ach, lebt der Alte tatsächlich noch?"

„Ja, wir mussten ihn heute Vormittag festnehmen."

Staffler lachte laut auf.

„Was soll der denn verbrochen haben?"

„Er hat den Mord an Magdalena von Edelstain gestanden. Er hat sie oben auf Burg Maultasch erstochen."

Staffler klopfte sich lachend auf die Schenkel. „Der Schlosser soll jemanden umgebracht haben? Der konnte seine Nase nur in die Bücher stecken, sonst gar nichts."

„Ist das alles, was Sie dazu zu sagen haben?"

„Was sollte ich Ihnen denn sonst noch sagen?"

Seufzend schob Magnabosco den Stuhl zurück und begab sich in den Raum zu Pasqualina und Nothdurfter: „Ich fürchte, im Moment können wir ihm nichts nachweisen und müssen ihn wieder laufen lassen. Der Typ ist mir aber nicht geheuer. Er weiß sicher etwas, das er uns nicht verraten will."

Kapitel 13
1. Dezember 2000

Georg Staffler stach mit seiner Gabel in den Kaiserschmarrn, nahm einen Brocken auf und tunkte ihn genüsslich in die Preiselbeermarmelade, die die Internatsküche wie jeden Freitag dazu ausgeteilt hatte. Es war laut, die Stimmung zwischen den über einhundert Schülern war gelöst, schließlich freuten sich alle auf die schulischen Feiern zu Weihnachten und darauf, in wenigen Wochen zu ihren Familien zurückzukehren.

„Hilber", zischte Georg.

Martin sah von seinem Teller auf.

„Was ist?", fragte er und rückte seine Brille zurecht.

„In der ersten Freizeit draußen vor dem Fußballfeld", befahl er ihm.

Hilber nickte unmerklich und begutachtete nachdenklich seinen fast leer gegessenen Teller. Georg stand auf und ging zur Essensausgabe, um Nachschlag zu verlangen. Mit einer zweiten Portion setzte er sich auf den freien Stuhl neben Martin Hilber.

„Welche Gerüchte rankten sich um Margarete Maultasch?", warf er ihm Schlossers nächste Frage hin.

„Oh, da wird so einiges behauptet. Also zum Beispiel wurde erzählt, dass sie nachts auf einem feuerspeienden

Pferd durch die Berge ritt und ihre Männer nach dem Geschlechtsverkehr auffraß", erzählte Martin.

„Doch nicht jetzt", schimpfte Georg. „Heb dir das für die Studierzeit auf. Iss endlich auf, wir müssen los."

„Hey Jörgl, und, was bekommst du zu Weihnachten?", rief plötzlich ein Mitschüler zu ihm herüber. „Ein Beil für deine Holzfällerkarriere?"

„Ja, und als Erstes werde ich es an dir ausprobieren", gab Georg zurück.

„Was hast du vor?", fragte Martin nun.

„Mission Edelweiß, du Trottel. Schlosser meint, wir sollen es in Terlan versuchen. Die Alte geht wohl öfters in der Ruine spazieren."

Zwanzig Minuten später verließ Martin das Johanneum. Hinter dem Fußballfeld wartete Georg bereits in der *Ape*, die Schlosser ihm zur Verfügung gestellt hatte.

„Hilber, du Macho", lachte Georg plötzlich und schlug Martin hart auf die Schulter. „Hast also auch eine klargemacht!"

„Was? Wen meinst du?"

„Natascha hat es ausgeplaudert. Du und die Nichte vom Regens, diese Verena. Bravo, keine schlechte Wahl. Mit der Verbindung kommst du sicher als Klassenbester durch die Matura."

Martin musste unvermittelt lächeln, als er an ihren ersten Kuss dachte.

„Na ja, klargemacht … wir hatten ein Date."

„Nicht so schüchtern, Hilber. Wird ja auch Zeit, dass du endlich mal deine Unschuld verlierst."

„So weit sind wir noch nicht."

„Soll ich dir erklären, wie das geht?", lachte Georg noch lauter.

„Lass uns fahren, bitte", jammerte Martin.

„Ja, schon gut, dann musst du es eben selbst herausfinden."

Martin sah aus dem Fenster, die frühwinterlich karge Landschaft des Etschtals zog langsam an ihnen vorbei, während sie mit dem lauten Dreirad von Meran in Richtung Süden fuhren. Bei Terlan setzte Georg den Blinker und parkte unterhalb der Burgruine Neuhaus.

„Wo hast du fahren gelernt?", fragte Martin leidend und musste sich an der Beifahrertür festhalten, so schwindlig war ihm auf der Fahrt in dem wackligen Dreirad geworden.

„Zu Hause. Mein Bruder hat das gleiche Modell."

Martin atmete tief die Winterluft ein, sie linderte die Übelkeit. Langsam stiegen sie durch den lichten Wald hinauf zur Ruine.

„Und du bist dir sicher, dass sie hierherkommt?"

„Mann, hörst du mir eigentlich nicht zu?", blaffte Georg ihn an. „Schlosser hat gesagt, dass sie *vielleicht* hierherkommt. Sicher ist gar nichts."

„Na ja, Hauptsache wir sind um fünf wieder im Internat. Verena kommt noch vorbei."

„Du bestellst deine Alte in die Schule? Bist du komplett bescheuert?", lachte Georg. „Wenn der Regens seine Nichte mit dir auf dem Schulhof sieht, bist du die nächsten drei Wochen im Kerker."

„Natürlich nicht. Sie wollte …"

„Pst!“, machte Georg und drückte Martin gegen eine Felswand. „Da oben sind Leute!“

Martin hörte mit klopfendem Herzen die Stimme einer Frau, die einige Meter vor ihnen in Richtung der Ruine ging. Sie sprach offensichtlich mit einem Mann und es schien um die Restaurierung der Burganlage zu gehen.

„Das könnte sie sein“, flüsterte Georg. „Los, weiter. Aber langsam.“

Die beiden Jungen stiegen langsam zur Burgruine hinauf, blieben immer wieder stehen und lauschten. Die Stimmen der beiden Personen entfernten sich, offenbar wanderten sie zwischen den Ruinen umher und begutachteten die Mauerreste, die von den einstigen Räumen geblieben waren.

„Ich danke Ihnen, dass Sie mich trotz dieser Kälte herumgeführt haben“, sagte die Frau. „Ich würde aber vorschlagen, dass wir die finanziellen Angelegenheiten dann an einem wärmeren Ort besprechen.“

„Das wäre bestimmt angenehmer“, willigte ihr Begleiter ein.

Georg hörte, wie sich Schritte näherten, und schubste Martin in Richtung des Felsengangs, in dem sie wenige Tage zuvor Verenas Geburtstag gefeiert hatten.

„Dann kommen Sie doch bitte am nächsten Mittwoch zu mir nach Meran. Die Adresse schreibe ich Ihnen nachher noch auf.“

„Die kann ich mir bestimmt merken, Gräfin. Ich bin selbst aus Meran.“

„Dann darf ich Sie in ein paar Tagen auf Schloss Knillenberg empfangen?“

„Sehr gerne, Gnädigste.“

Georg stupste Martin an.

„Schreib das auf. Knillenberg. Hast du eine Ahnung, wo das sein soll?“, flüsterte er.

„Ja sicher, das ist in Obermais“, erklärte Martin. „Ein sehr altes Schloss aus dem 12. Jahrhundert, das einst der Stammsitz der Herren von Mais war …“

„Das kannst du Schlosser erzählen“, knurrte Georg. „Ich wollte keine Geschichtsstunde von dir. Hauptsache, du weißt, wo wir am Mittwoch hinmüssen.“

„Aber wir wissen doch nicht einmal, um wie viel Uhr sie sich dort treffen!“

Georg antwortete nicht und ging durch den kurzen Gang, der wieder ins Freie führte. Die Gräfin und ihr Begleiter hatten die Ruine bereits verlassen und stiegen über den stufigen Weg hinab zur Margarethenpromenade. Martin folgte ihm, unbeholfen stolperte er über die glatten Steine.

„Pst, ich glaube, sie haben sich hingesetzt“, warnte Georg ihn. Tatsächlich saßen die Frau in ihrem Lodenmantel und ein schwarz gekleideter Herr auf einer der Holzbänke und blickten hinunter in das Etschtal.

„Es ist eine sehr großzügige Geste von Ihnen, das Erbe der Margarete an die Schlösser zu verteilen. Sie sagten, Sie wollen auch das Johanneum kaufen und umfunktionieren?“

„Ja, das Vermögen soll gerecht aufgeteilt werden. Das Johanneum wird eine moderne Einrichtung für

Mädchen. Wir müssen endlich etwas dafür tun, dass sie die gleichen Chancen wie die Buben bekommen."

„Was passiert mit dem Lehrkörper und den Klerikern, die dort unterrichten?"

„Für sie wird gesorgt, alle haben eine neue Stelle angeboten bekommen."

„Dann bleibt mir nur, Ihnen alles Gute für Ihr Vorhaben zu wünschen, Gräfin von Edelstain. Darf ich Sie noch hinunter zu Ihrem Auto begleiten?"

„Nein, ich danke Ihnen. Ich möchte noch ein wenig hierbleiben und die Aussicht genießen. Dann sehen wir uns also am Mittwoch, sagen wir, gegen fünfzehn Uhr?"

„Ich werde da sein", versprach der Mann, erhob sich und schritt langsam die letzten Stufen hinab. Dann entzogen die rötlichen Felsen ihn Magdalenas Blick.

*

Die Sonne ging unter, Schatten legte sich über die Burgruine. Magdalena saß still auf der kleinen Holzbank und blickte über das Etschtal, erkannte auf der gegenüberliegenden Seite die Eppaner Schlösser, die Mendel, das letzte Licht, das den fernen Gipfel der Schwarzseespitze erleuchtete. Nur ein paar Minuten würde das Tageslicht noch währen, dann würde es der Dämmerung weichen. Ein wenig Zeit konnte sie sich hier oben noch gönnen, dann würde sie hinunter zum Parkplatz gehen, wo Lutz sie bereits in ihrem Wagen erwartete. Ein paar junge Burschen waren ebenfalls auf der Burg gewesen, hatten versucht, sich versteckt zu halten, doch Magdalena hatte sie kurz gesehen. Den einen von ihnen, einen hochgewachsenen Jungen mit schwarzen Haaren und dunklem Blick, glaubte sie schon einmal irgendwo gesehen zu haben. Wieder ergriff sie dieses beklemmende Gefühl, beobachtet zu werden. Doch was sollten zwei junge Kerle von ihr wollen? Ganz bestimmt bildete sie sich nur ein, von ihnen verfolgt zu werden. Die Millionen der Margarete Maultasch lagen ihr schwer auf dem Magen und trübten ihr Gemüt, sie war froh, wenn der Auftrag ihres Vaters, das lange verwahrte Erbe an die Schlösser zu verteilen, erfüllt war. Dann endlich würde sie sich aus der Öffentlichkeit zurückziehen, Klagenfurt verlassen und aufs Land ziehen. Sie hatte bereits alles in die Wege geleitet und sich ein Chalet in den Bergen gekauft, weit weg, dort, wo niemand sie vermuten und stören würde. Sie freute sich auf ihre Zukunft in der selbst gewählten Einsamkeit.

Ihre Gedanken flogen wieder zu Agnes, der kleinen Schwester, die nun seit einem halben Jahr nicht mehr da war. Wie lange hatten sie nicht mehr richtig miteinander gesprochen? Die letzte Weihnachtsgrußkarte hatte sie kaum noch lesen können, so sehr hatte Agnes' Hand beim Schreiben gezittert. Waren es der Alkohol, die Tabletten, die Traurigkeit oder die Angst, von Peter Schlosser beim Schreiben ertappt zu werden, die Agnes so zittern ließen? Vielleicht eine Mischung daraus: Die Angst vor ihrem Mann hatte sie traurig gemacht, der Alkohol sie getröstet und in eine Depression gestürzt, dagegen wurden Tabletten gegeben. Sie, Magdalena, hatte es nicht vermocht, ihre Schwester aus dem Teufelskreis zu befreien.

So oft hatte sie sie ermutigt, Peter Schlosser zu verlassen. Ihm Lebewohl zu sagen, sich scheiden zu lassen und ein neues Leben zu beginnen. An ihrer Seite, an der Seite ihrer großen Schwester, die sich um sie kümmern wollte und auch den Streit mit den Eltern wieder aus der Welt geräumt hätte. Auch die Eltern waren willens gewesen, sich wieder mit der Tochter zu versöhnen, es hätte nur einen kleinen Schritt gebraucht. Stattdessen hatte Agnes ihre Angst in Sturheit verwandelt und war bei Schlosser geblieben, immer tiefer gesunken, immer mehr Alkohol und Tabletten, um die Gefühle zu betäuben. Eines Abends waren es zu viele Tabletten gewesen, fünf mehr als die maximale Dosis, hinuntergespült mit Peters teuerstem Branntwein. Er hatte sie zu spät gefunden, Agnes war bereits seit Stunden tot im Ehebett gelegen.

Sie selbst, Magdalena, hatte von ihren Eltern vom Tod der Schwester erfahren. Sie hatte sich sofort auf den Weg gemacht, um ihr das letzte Geleit zu geben. Am Friedhof hatte sie sich in der hinteren Reihe der Trauergemeinde aufgehalten. Der Priester hatte sie erkannt, nach der Grabrede war er auf sie zugekommen, hatte ihre Hand geschüttelt und ihr sein Beileid ausgedrückt. In diesem Moment war auch Peter Schlosser an ihr vorbeigekommen, er hatte sie aber keines Wortes gewürdigt, sondern sie nur mit einem feindseligen Blick bedacht.

Lange noch, so erinnerte sich Magdalena von Edelstain, war sie am kleinen Urnengrab ihrer Schwester stehen geblieben.

*

Schlosser saß in der Bibliothek und wälzte gerade einen Geschichtsatlas, als Georg an seinen Tisch trat. Der Lehrer war so vertieft in seine Lektüre, dass er sichtlich erschrak, als der junge Hüne vor ihm auftauchte.

„Du weißt aber schon, dass du die Bibliothek nicht ohne Erlaubnis betreten darfst?“, fragte Schlosser, lehnte sich zurück und nahm langsam seine Brille ab.

„Ich habe den Heimleiter gefragt, wo Sie sind. Er hat mir erlaubt hierherzukommen“, erklärte Georg und hoffte, diesen Ort der Bücher schnell wieder verlassen zu dürfen. Er fühlte sich eingeengt, der Geruch nach dem alten Papier war ihm zuwider.

„Aha. Nun, dann setz dich zu mir“, sagte Schlosser und wies ihn an, sich einen Stuhl zu nehmen.

Georg nahm Platz und beugte sich vor.

„Diese Edelweiß war auf der Ruine. Genau, wie Sie es gesagt haben“, flüsterte Georg eifrig.

„Soso, ist ja interessant“, erwiderte Schlosser. „Etwas anderes: Wie kommst du eigentlich mit der Frage voran, was man über die Maultasch sagte?“

„Ähm …“, stammelte Georg, „ich hatte noch keine Zeit dafür.“

„Dann wirst du sie dir heute Abend nehmen, während deine Mitschüler ihren Fernsehabend mit

Terminator verbringen. Hier, nimm das mit, Feuchtwanger präsentiert dir in seinem Roman *Die hässliche Herzogin* die Antworten auf dem Silbertablett. Diese Textstelle zum Beispiel zeigt, was passierte, nachdem die Maultasch das Sakrament der Ehe verletzt hatte: *Schlimmes Unglück brach über das Land in den Bergen herein. ‚Die Plagen Ägyptens!' schrien die Anhänger des Papstes durch ganz Europa.* Und hier: *Im gleichen Jahr rasch nacheinander vernichteten wilde Feuersbrünste die Städte Meran, Innsbruck und Neumarkt.*"

„Aber … wollten Sie nicht wissen, was ich über die Edelweiß herausgefunden habe?", fragte Georg nun genervt. Er hatte dem Actionfilm mit Schwarzenegger seit Wochen entgegengefiebert – und nun sollte er an diesem Abend wieder die Geschichten über diese Gräfin abschreiben!

„Diese Stelle hier gefällt mir auch ganz besonders gut." Desinteressiert an dem, was Georg ihm berichten wollte, blätterte Schlosser weiter durch das Taschenbüchlein. Plötzlich lachte er auf und hielt ihm das Buch hin. *„Das Grauenvollste und Seltsamste, was das Volk erstarren ließ, waren die riesigen Heuschreckenschwärme, die in diesem Sommer das Land verheerten. Das erschreckte Volk schleppte in Prozessionen die Heiligenbilder, betete, streckte die Hände zum Himmel. Der Pfarrer von Kaltern ließ das Geziefer durch ein förmliches Rechtserkenntnis von Geschworenen verurteilen, bannte es von der Kanzel herab. Es waren riesige Tiere …"*

„Glauben Sie den Mist etwa, der da drinsteht, Professor Schlosser?", fragte Georg seinen Lehrer, dem vor Erregung der Schweiß auf die Stirn getreten war. Auch wenn ihn die Gerüchte um die Maultasch zunächst fasziniert hatten, konnte er sich nicht vorstellen, dass eine Frau solche Notstände auszulösen vermochte.

„Ob es nun so geschehen ist oder anders, weiß ich nicht, Georg. Aber sicher ist, dass diese Frau Unheil über unser Tirol gebracht hat. Und dasselbe hat ihre Erbin auch im Sinn."

„Diese Edelweiß?"

„Sie heißt ‚von Edelstain', merk dir das endlich." Mit diesen Worten klappte Schlosser das Buch zu und überreichte es Georg. Widerwillig nahm er es entgegen.

„Also, was ist passiert?", fragte Schlosser.

„Sie war auf der Ruine und hat mit einem Mann über die Renovierung der Burg gesprochen. Sie treffen sich nächste Woche noch mal."

„Wann und wo?"

„Diese Information gebe ich Ihnen nur, wenn ich heute Abend den Film schauen darf", antwortete Georg trotzig.

„Pass auf, was du sagst, Staffler", entgegnete Schlosser. „Oder hast du das Geld etwa schon wieder vergessen, das du dafür bekommen wirst?"

Georg senkte den Kopf. „Nein."

„Dann raus damit", zischte Schlosser nun und stand auf. Der Dielenboden knarrte unter seinen Schritten, während er sich Georg näherte. Auch er stand auf und Schlosser musste wieder einen Schritt zurückgehen, um ihm ins Gesicht sehen zu können.

„Sie treffen sich am kommenden Mittwoch um fünfzehn Uhr auf Schloss Knillenberg. Die Gräfin wohnt zurzeit wohl dort."

„Das Schloss gehört ihr. In Ordnung, Georg. So, und jetzt ab aufs Zimmer. Vielleicht kriegst du es ja vor dem Film hin, über die Sintflut, die Heuschreckenplagen und Maultaschs unstillbare Lust ein paar Zeilen zu Papier zu bringen. Am nächsten Dienstagabend erhältst du deinen ersten Lohn und neue Anweisungen von mir. Und jetzt raus hier."

Kapitel 14
16. Dezember 2022

Natascha Delmonego weiterhin abgängig, weiterer Toter gefunden!

Bozen/Terlan. In der Burgruine Maultasch wurde ein weiterer Toter gefunden, das Opfer ist Martin Hilber (40) aus Terlan. Die Suche nach Natascha Delmonego, ebenfalls aus Terlan, blieb nach wie vor erfolglos.

Die Ereignisse im vorweihnachtlichen Terlan überschlagen sich. Nachdem am 2. Adventsonntag das Skelett der lange Zeit vermissten Madgalena Gräfin von Edelstain in der Zisterne der Ruine Maultasch gefunden wurde (wir berichteten), kam nun wieder ein Toter in der Burg zutage. In den frühen Morgenstunden des 13. Dezember fand Kommissar Filippo Magnabosco vom Morddezernat der Bozner Kriminalpolizei den leblosen Körper des vermissten Martin Hilber in den Ruinen der Burg. „Ich habe versucht, ihn wiederzubeleben", sagte der sichtlich mitgenommene Kommissar bei der Pressekonferenz. „Doch da war nichts mehr zu machen. Er muss mehrere Tage in der kalten Burg gelegen haben und ist wohl letztlich an seiner Kopfverletzung und Unterkühlung verstorben." Die genauen Obduktionsergebnisse stehen noch aus, so das zuständige Dezernat.

Seit dem 12. Dezember wird nun auch nach Natascha Delmonego gesucht; die 40-jährige Frau aus Terlan hatte am 4. Dezember gemeinsam mit einer Freundin das Skelett der Gräfin entdeckt. Unklar ist, ob sie im Zusammenhang mit dem vermuteten Mord an der Gräfin im Jahr 2000 die Flucht ergriffen hat oder entführt wurde. Die Freiwillige Feuerwehr und die Bergrettung haben eine groß angelegte Suchaktion gestartet. Auch die Hundestaffel der Polizei und der Carabinieri ist im Einsatz.

Natascha Delmonego ist etwa 1,65 Meter groß, schlank und hat lange, schwarze Haare. Als sie zum letzten Mal gesehen wurde, trug sie Jeans, ockerfarbene Stiefel und eine schwarze Jacke. Auf ihrem linken Oberarm ist ein Kauz eintätowiert. Wer Hinweise zu ihrem Verbleib hat, wird gebeten, die Behörden unter der landesweiten Notrufnummer 112 zu verständigen.

Wir bitten um dringende Mithilfe – und bleiben natürlich dran.

Ihr Andreas Schmalzl von der Eisacktaler Presse

*

Magnabosco betrat die Bozner Gerichtsmedizin. Auch in dieser Nacht hatten ihn die schlimmen Bilder des sterbenden Martin Hilber in seinen Träumen verfolgt. Carmela war aufgewacht, er hatte Trost bei ihr gesucht und ihr im Halbschlaf gesagt, dass er diesen Job nicht weitermachen würde.

„Oh doch, Filippo. Du wirst diesen Fall lösen. Und dann wir sehen weiter“, hatte sie geantwortet, ihren

Kopf auf seine Brust gebettet und ihm so lange Mut zugesprochen, bis er wieder eingeschlafen war.

„Morgen", begrüßte der Kommissar den Pathologen Gruber, der gerade die Autopsietafel mit dem Gewicht der einzelnen Organe des Toten ausfüllte.

„Autopsie Nr. 40. Gehirn 1.400 Gramm, Herz 530 Gramm, beide Lungenflügel 540 Gramm, Leber 2 Kilogramm, Milz 320 Gramm … oh, Filippo, guten Morgen. Gut geschlafen? Du sahst aber auch schon mal besser aus."

„Ich nehm's als Kompliment für vergangene Zeiten, danke, Alfred. Bist du fertig mit ihm?"

Gruber schrieb das Gewicht der Niere auf die Tafel, legte die Kreide weg und wusch sich die Hände.

„Ja. Ich musste ihn erst mal antauen, so kalt war er. Der Junge ist qualvoll erfroren."

Magnabosco verzog das Gesicht. „Dann war das die Todesursache? Ich hoffe, ich muss meine Angaben bei der Pressekonferenz nicht revidieren."

„Nein, keine Sorge. Die Kopfverletzung ist durch den Stoß gegen die Wand entstanden. Die Platzwunde war das geringste Übel, viel schlimmer war die Gehirnerschütterung, die zu einer Schwellung geführt hat. Sein Gehirn war mindestens einen Zentimeter dicker als im Normalzustand. Das Ödem hat ihm zeitweise das Bewusstsein geraubt. Er muss noch ein oder zwei Tage in einem Dämmerzustand da oben verbracht haben. Und dann ist er am Fundort erfroren."

„Wäre er früher entdeckt worden, hätte man ihn vielleicht noch retten können“, murmelte Magnabosco mit belegter Stimme.

Gruber legte ihm freundlich die Hand auf die Schulter.

„Ja, Filippo, aber dafür darfst du dir selbst keine Schuld geben. Schuld hat nur derjenige, der ihn an die Wand gestoßen und keine Hilfe gerufen hat.“

„Gibt es irgendwelche Spuren vom Angreifer?“

„Mit Fingerabdrücken kann ich nicht dienen. Aber das hier könnte dir vielleicht weiterhelfen.“

Gruber zeigte Magnabosco eine transparente Schachtel mit einem langen, schwarzen Haar.

„Das stammt doch bestimmt von einer Frau“, bemerkte Magnabosco.

„Allerdings, wir konnten eindeutig zwei X-Chromosomen feststellen.“

„Von Verena Psenner ist es nicht, sie ist blond. Aber vielleicht von Natascha Delmonego. Danke, Gruber!“

„Sehr gerne, ich hoffe, ich konnte dir weiterhelfen. Ach übrigens, Pamela wollte noch mit dir über das Skelett sprechen.“

In diesem Moment betrat die junge Anthropologin den Sezierraum. Sie begrüßte Magnabosco freundlich, ging auf Gruber zu und drückte ihm ein Küsschen auf die Wange.

„Oh“, machte Magnabosco überrascht, „seid ihr jetzt etwa …?“

„Ha, ja, mich und den Alfred hat’s volle verwischt“, kicherte Pamela und strich dem Pathologen über den

Dreitagebart. Das Kratzen hallte zwischen den Wänden der Gerichtsmedizin wider. „Aber was ich Ihne eigentlich sage wollt: Ich hab an vielen Knochen von der Gräfin Einkerbunge gfunde. Einige Knoche sind sogar eindeutig abgetrennt geworden. An der Halswirbelsäule, am Unterschenkelknoche, an der Elle … Schaue Sie sich mal des Röntgenbildle an: Da, des sieht aus, als wär sie zerstückelt worre, vermutlich mit einem Hackebeil …"

„Mit einem Beil?", vergewisserte Magnabosco sich.

„Eher eine Fällaxt, würde ich sagen", verbesserte Gruber Pamelas Erklärung. „Die werden alternativ zur Motorsäge zum Bäumefällen benutzt. Einen menschlichen Knochen kann man damit ohne Weiteres teilen, wenn sie gut geschliffen ist."

„Ich danke euch nochmals, ihr seid die Besten!", rief Magnabosco und eilte zurück zu seinem Auto. Dann rief er Carmela an und berichtete ihr von den neuesten Erkenntnissen.

„Wir brauchen dringend die DNA von Natascha Delmonego."

„Ist gut, Capo. Bin schon unterwegs!"

„Und einen Durchsuchungsbeschluss für Stafflers Haus."

*

Carmela Pasqualina durchquerte den kleinen Garten, der zu Natascha Delmonegos Wohnung im Parterre des Mehrfamilienhauses führte. Sie sah sich um, die Gartenschuhe lagen noch immer dort, wo sie sie das letzte Mal gesehen hatte. Die Jalousien waren nicht bewegt worden. Vorsichtshalber, auch ein wenig in der Hoffnung, dass Natascha vielleicht doch zurückgekehrt war, klingelte sie an der Haustür. Carmela wartete eine halbe Minute, dann betrat sie die Wohnung mit einem Passepartout und wählte Magnaboscos Nummer.

„Brauchst du Unterstützung?", fragte er sofort.

„Nein, ich denke nicht. Aber vielleicht sollten wir noch einmal zur Ruine gehen und schauen, ob wir noch mehr Spuren von Natascha finden."

Magnabosco schwieg.

„Capo, was ist?", fragte Carmela. „Hast du wieder komische Gefühle?"

„Nein, nein. Du hast recht, schau dich gründlich bei ihr um", antwortete Magnabosco. „Ich bin in einer halben Stunde bei dir. Pass auf dich auf."

Carmela durchsuchte die Küche und betrat dann das kleine Badezimmer, um Nataschas Kamm und Zahnbürste in einen Plastikbeutel zu stecken. Beide würden genügend DNA-Spuren der Vermissten beinhalten, die sie mit dem Haar, das sie bei Hilber gefunden hatten, vergleichen konnten.

Sie verließ das Bad und sah auf die Uhr. Sie hatte noch zwanzig Minuten, bis Filippo kommen würde, also konnte sie sich noch in Ruhe in der Wohnung umsehen. Neben dem Bad befand sich Nataschas Schlafzimmer. Sie hatte ein französisches Bett, was darauf schließen ließ, dass sie die meisten Nächte alleine verbrachte. Sie hatte alles ordentlich hinterlassen, es lagen keine Gegenstände auf dem Boden herum, das Bett war fein säuberlich gemacht, der kleine Schreibtisch war aufgeräumt.

Carmela sah in die Schubladen, ein paar Schreibutensilien und Ladekabel lagen darin, alte Briefe und Kontoauszüge, dann fand sie ein winziges, rot-schwarzes Tagebuch. Sie öffnete das Büchlein, es war vollgeschrieben. Die Tinte war stellenweise ein wenig verlaufen, fast sah es so aus, als wären Tränen darauf getropft.

„Ich liebe dieses A…, obwohl er immer so verdammt fies zu mir ist … Am liebsten würde ich Schluss machen, aber ich schaffe es nicht. Jedes Mal, wenn ich ihn … ich Herzklopfen, ich komm einfach nicht von ihm weg. Mama hat es mir verboten, mich mit ihm zu tref… Ich werde abhauen. F… you all …“

Gerade als Carmela das winzige Tagebüchlein einstecken wollte, wurde ihr ein harter Schlag auf den Hinterkopf versetzt. Carmela spürte nur einen dumpfen Schmerz, sah ein Flimmern, welches sich in wabernden Nebel vor ihren Augen verwandelte. Dann sank sie bewusstlos zu Boden.

Kapitel 15
6. Dezember 2000

Die Meraner Dantestraße lag bereits im Schatten, als Georg Staffler und Martin Hilber sich an diesem Mittwochnachmittag langsam dem Schloss Knillenberg näherten, das einst ein Treffpunkt des Adels gewesen war. An diesem Nachmittag war Magdalena von Edelstain hier mit dem Herrn vom Burgeninstitut verabredet. Der Geschichtslehrer Schlosser hatte Georg die Anweisung gegeben, sie nach Beendigung des Treffens in ihrer Wohnung aufzusuchen und ihr einen Schrecken einzujagen. Dann hatte er ihm Geld zugesteckt. „Für dein neues Werkzeug", hatte er gebrummt. Georg war daraufhin in seiner nächsten Freizeit mit der *Ape* des Lehrers in die Stadt gefahren, um sich im Fachhandel eine Fällaxt zu kaufen. Das Geld hatte gerade so dafür gereicht.

„Was tun wir hier?", fragte Martin unsicher. „Die Gräfin weiter beschatten? Wir müssen bald zurück, die Nikolausfeier fängt an."

Georg schulterte seinen Rucksack. „Das hier ist besser als der Nikolaus, glaub mir, Hilber."

„Was ist denn in dem Rucksack drin?", fragte Hilber und betrachtete den Holzstiel, der aus der oberen Klappe herauslugte. Er grämte sich, denn wieder einmal hatte Georg Staffler es geschafft, über ihn zu bestimmen wie über eine willenlose Puppe. Dabei hatte er sich fest vorgenommen, ihm wenigstens dieses eine Mal zu widersprechen und sich endlich wieder mit Verena zu treffen und ihr ein kleines Weihnachtsgeschenk zu machen. Bald waren schließlich Ferien, da würde er sicher nicht die Gelegenheit haben, sich noch einmal mit ihr zu treffen. Er gestand sich ein, dass er das Mädchen, das er nur ein paar Mal getroffen hatte, schmerzlich vermisste.

„Das erfährst du noch früh genug. So, wir warten hier, bis ihr Besuch weg ist", beschloss Georg, lehnte sich gegen eine Hauswand und zündete sich eine Zigarette an. Den Rauch blies er Martin ins Gesicht, dieser hustete heftig.

„Was soll das? Willst du, dass ich einen Asthmaanfall kriege?"

Georg stieß sich von der Mauer ab, nahm noch ein paar Züge und wies Martin an, vor dem Schloss auf ihn zu warten.

„Wo willst du hin?"

„Nachschauen, ob das Auto von dem Burgenfuzzi drinsteht. Scheiß dir nicht in die Hosen, Hilber. Und beweg dich nicht vom Fleck. Wehe, du bist nicht mehr hier, wenn ich zurückkomme."

Georg öffnete vorsichtig das dunkelrote Hoftor. Es kreischte leise in den Angeln. Dahinter begann direkt der Schlossgarten. Er trat in den Garten, sah sich um und hörte sogleich die Stimmen der Gräfin und ihres

Besuchers. Sie führte ihn durch die Gänge des Anwesens. Schnell trat er zurück, schloss das Tor hinter sich und ging zu Martin zurück.

„Er ist noch da. Kann wohl noch eine Weile dauern“, berichtete er ihm. Hilber trat von einem Bein auf das andere und versuchte, sich von seiner Angst abzulenken, indem er an Verena dachte.

„Mir ist kalt. Sag mir endlich, was du vorhast. Und ich will wissen, was in deinem Rucksack ist. Sonst bin ich weg und du kannst das Ganze hier alleine machen.“

„Wo willst du denn hin, Hilber?“, lachte Georg hämisch und stieß ihn so heftig, dass Martin gegen die Wand prallte. „Willst du den ganzen Weg von hier nach Dorf Tirol zu Fuß gehen? Komm, halt durch, dann kriegst du zehn Prozent von meinem Geld ab.“

„Welches Geld?“, fragte Martin perplex.

„Ja glaubst du, ich arbeite umsonst für Schlosser? Ich meine, die Fragen zur Maultasch beantworten ist ja eins. Aber das hier ist schon eine Nummer größer. Also, sei einfach still und tu, was ich dir sage.“

Martin senkte den Kopf, hauchte in seine Faust und kickte ein Steinchen den Weg hinunter. In diesem Moment verließ der Mann, mit dem Magdalena von Edelstain in der Woche zuvor Burg Maultasch besichtigt hatte, das Schloss Knillenberg durch das Haupttor. Ohne sich umzusehen, ging er die Dantestraße hinunter.

„Und jetzt?“, fragte Martin mit klappernden Zähnen.

„Wir warten noch kurz ab. Nicht dass die Alte noch einen Termin hat. Dann gehen wir rein“, beschloss Georg.

Georg sah auf seine Armbanduhr. „Viertel nach vier. Wir gehen rein. Du bleibst hinter mir und hältst deine Klappe, sonst vergesse ich mich."

Martin nickte. Er schluckte trocken, sein Mund schmeckte bitter.

„Mir ist schlecht", jammerte er und hielt sich an der Hauswand fest.

„Reiß dich zusammen und denk an das Geld. Los jetzt."

Martin folgte Georg zum roten Tor, das in den Schlossgarten führte. Georg drückte vorsichtig die Klinke herunter, es quietschte noch lauter als beim ersten Mal. Sie schlichen durch den kleinen Garten, plötzlich blieb Georg stehen und nahm seinen Rucksack ab. Er zog an dem Holzstiel, der ein wenig herausragte, zum Vorschein kam eine Axt. „Hübsches Stück, nicht wahr, Hilber?"

Martin trat panisch zurück.

„Was hast du mit dem Beil vor? Du willst doch nicht etwa …?"

„Das ist eine Fällaxt, Hilber. Keine Sorge, ich will ihr nur einen Schrecken einjagen und dann wieder gehen. So wie Schlosser es mir aufgetragen hat. Und stell dir vor, du hast die Ehre, ihr die Axt über den Schädel zu ziehen."

Martin wollte sich wehren, umdrehen und das Weite suchen, als Georg ihm mit der Hand den Mund zuhielt.

„Wir gehen da jetzt rein, ziehen es durch und dann darfst du auf deine Nikolausfeier, Pussy."

Georg stieß Martin, dem er die Axt in die rechte Hand gedrückt hatte, vor sich her. Sie fanden den Eingang zur kleinen Einliegerwohnung im Schloss sofort. Die Tür war nicht abgesperrt, Martin ging hinein, Georg folgte ihm leise.

Mit Handzeichen wies er ihn an, erst in die Küche zu sehen. Dort war niemand. Es duftete nach Kaffee und süßem Gebäck. Der Dielenboden knarrte leise, Martin stoppte und blieb stehen. Georg lauschte, aus dem Nebenzimmer drang ein leises Schnarchen.

„Du wirst sie doch nicht im Schlaf …", bettelte Martin. „Das kannst du nicht tun."

„Nicht ich, sondern du, Hilber. Los, einmal über den Schädel, dann hast du es überstanden und kannst heim zu Mami."

Martin schüttelte flehend den Kopf.

„Ich … ich kann das nicht."

„Du musst. Sonst mach ich dir die Hölle heiß. Los!"

Georg drehte den Schaft der Axt, sodass sie zum Schlag bereit in Martins Händen lag.

Martin näherte sich der schlafenden Gräfin, die von den Geräuschen erwachte und erschrocken aufschrie. Im nächsten Moment hatte Martin auch schon die Rückseite der Axt auf den Schädel der Gräfin niedersausen lassen. Aus ihrer Nase floss Blut, an ihrem Haupt war eine Wunde aufgeplatzt. Martin starrte sie an, er konnte sich nicht bewegen. Die blutende Frau bewegte kurz ihre Hände und schlug noch einmal die Augen auf. Sie öffnete ihren Mund, doch der Schrei blieb stumm. Martin wandte sich ab.

„Verdammt, kannst du wenigstens einmal etwas richtig machen? Gib mir die Axt."

„Wir müssen einen Krankenwagen rufen!", schrie Martin. „Sie stirbt sonst. Und wir landen im Knast!"

„Was glaubst du denn, warum wir hier sind? Her mit der Axt!", brüllte Georg und riss sie ihm aus der Hand. Dann holte er erneut aus.

Martin stürzte aus der Wohnung der Gräfin, im Garten versuchte er kurz, zu atmen, ihm wurde übel, er rannte weiter, die Dantestraße hinunter. Hinter sich hörte er Georgs Schreie. Ohne sich umzudrehen, irrte er durch die vorweihnachtlichen Gassen von Obermais. Erst als er völlig außer Atem war, blieb er stehen und sah sich um. Er kannte sich in dieser Gegend nicht aus. Dann sah er ein paar hundert Meter weiter eine Bushaltestelle. Er schleppte sich dorthin und nahm den nächsten Bus, ohne zu wissen, wohin er fahren würde.

*

Martin Hilber öffnete erst sein rechtes, dann sein linkes Auge. Erst verstand er nicht, wo er sich befand, dann erkannte er die Krankenstation des Johanneums. Auf dem Nachtkästchen stand ein Glas Wasser, er griff danach und trank vorsichtig.

Er ließ sich in sein Kissen zurücksinken, langsam kamen die furchtbaren Bilder des Vorabends zurück. Georg, der mit ihm nach Obermais zum Schloss der Gräfin gefahren war. Die Axt, mit der man ihn gezwungen hatte, der armen Frau den Schädel einzuschlagen. Ihr furchtbar erschrockenes, dann schmerzverzerrtes Gesicht, dann ihr starrer Blick. Hatte er, Martin, diese Frau etwa umgebracht? Er zitterte, sein Magen verkrampfte sich heftig und er fürchtete, sich gleich wieder übergeben zu müssen. Nein, Georg hatte ihm die Axt ja abgenommen. Martin war geflüchtet, hatte sich in irgendeinen Bus gesetzt und war völlig planlos herumgefahren, bis der Busfahrer ihm gesagt hatte, dass er Schichtende hatte. Martin hatte ihm wohl völlig verängstigt gesagt, dass er zum Johanneum in Dorf Tirol müsse, da hatte der Busfahrer sein Fahrzeug gewendet und ihn nach Hause gebracht. Vor den Toren der Schule angekommen, war Martin zusammengebrochen. Er konnte sich noch vage daran erinnern, dass einige Klassenkameraden und Schwester Christiane ihn gestützt und in ein Bett gelegt hatten.

„Na, wie geht's unserem Patienten?", ertönte plötzlich Christianes freundliche Stimme. „Hast du dich ein bisschen erholt von deinem Ausflug?"

Martin schluckte. Ob sie etwas wusste? Nein, dann wäre sie sicherlich nicht so guter Dinge.

„Ja, danke, es geht schon", sagte er leise und sah an sich hinunter. Er trug ein weißes Krankenleibchen.

„Deine Sachen habe ich zum Waschen gegeben. War kein schöner Anblick, glaub mir."

„War etwa …?", fragte Martin schnell. Er fürchtete, dass das Blut der Gräfin auf seiner Jacke gelandet war.

„Na ja, du musst dir ordentlich den Magen verdorben haben. Aber keine Sorge, morgen bekommst du alles frisch gewaschen zurück."

„Tut mir leid“, antwortete Martin, „ich wollte Ihnen sicher keine Umstände machen.“

„Alles gut, Martin. Hauptsache, dir geht's wieder besser. Am Nachmittag entlasse ich dich. Für den Unterricht bekommst du ein Attest von mir. Ach übrigens, du hast Besuch. Ich lasse ihn gleich herein.“

Schwester Christiane drückte Martin kurz die Schulter und schenkte ihm ein Lächeln. Dann verließ sie den Raum. Georg lugte herein und begrüßte ihn.

„Mensch, Alter, ich hab mir ernsthaft Sorgen gemacht. Ist alles ok bei dir?“, fragte Georg und streckte ihm die Hand zum Gruß entgegen.

Martin erschrak, er hatte damit gerechnet, dass Georg ihn beschimpfen oder sogar bedrohen würde. Zaghaft nahm er seine Hand und drückte sie kurz. Dann sah er nach der Tür, um sich zu vergewissern, dass sie auch wirklich geschlossen war.

„Was ist gestern passiert? Ich kann mich nur noch erinnern, dass ...“

„Pst“, unterbrach Georg ihn harsch. „Ab sofort gilt absolutes Stillschweigen über die Mission Edelweiß. Kapiert?“

Martin nickte.

„Schwöre, dass du mit niemandem darüber sprichst. Sonst muss ich dich auch in der Etsch versenken.“

„Wir müssen aber zur Polizei“, flehte Martin. Sein Körper bebte vor Angst.

„Nein, Martin. Vergiss einfach alles, was gestern vorgefallen ist. Ach ja, eines noch: Natascha ist mir auf dem Weg hierher zurück über den Weg gelaufen. Ich konnte sie mit einer Ausrede abspeisen, sie ahnt nichts."

Martin nickte leise und vergrub sich unter der weißen Bettdecke.

„Ich wär jetzt lieber ein bisschen allein", flüsterte er.

Georg sah ihm kurz und finster in die Augen. „Hast du verstanden, was ich gesagt habe? Du sollst schwören, dass du schweigst!"

Martin antwortete nicht, er drehte sich auf die andere Seite und schlief vor Erschöpfung ein.

Kapitel 16
16. Dezember 2022

Filippo Magnabosco ging an Carmelas Wagen vorbei, den sie direkt vor dem Haus der vermissten Natascha Delmonego geparkt hatte. Die Haustür stand offen, was sehr ungewöhnlich war. Magnabosco nahm beunruhigt seine Dienstwaffe aus dem Holster, entsicherte sie und trat ein. Stille umgab ihn, er lauschte, rief mehrmals laut Carmelas Namen. Hektisch ging er von einem Zimmer ins nächste, im Bad fand er schließlich auf dem Boden die Reste von Carmelas Diensthandy liegen. Jemand musste es absichtlich zerstört haben. Sein Magen krampfte, sein Puls stieg so heftig, dass ihm schwindlig wurde. Sofort griff er zum Telefon und rief seinen Vorgesetzten Nothdurfter an. Dieser reagierte mit ungewohnter Ruhe und Freundlichkeit.

„Magnabosco, beruhigen Sie sich. Wir finden Carmela. Gehen Sie zu den Nachbarn, vielleicht hat ja jemand etwas beobachtet. Ich verständige die Kollegen von der Spurensicherung und lasse sofort nach ihr suchen."

Magnabosco nickte, sprechen konnte er nicht. Ein unverständlicher Laut kam aus seinem Mund, als er sich von Nothdurfter verabschieden wollte.

Er verließ die Wohnung, klingelte bei den oberen Parteien des Mehrfamilienhauses, doch niemand meldete sich. Er umrundete das Grundstück, eine ältere Dame mit einem Hund kreuzte seinen Weg.

„Haben Sie zufällig eine junge Polizistin gesehen? Sie muss vor einer halben Stunde noch hier gewesen sein", fragte er sie und flehte innerlich, dass sie ihm einen Hinweis geben konnte.

„Polizei? Wieso Polizei? Was ist denn passiert?", fragte die Frau und zog ihren Pudel von dem Hydranten weg. „Schon wieder Einbrecher? Na dass ihr immer erst eingreift, wenn es zu spät ist!"

„Nein, sie ist verschwunden. Vielleicht ist sie entführt worden. Eine Polizistin, etwa eins siebzig groß, dunkle, lange Haare … sie trägt eine Uniform …" Während Magnabosco sie beschrieb, zog sein Herz sich so sehr zusammen, dass er kaum Luft bekam.

„Nein, tut mir leid. Ich weiß nichts. Aber fragen Sie doch mal den alten Perathoner, der steht ja den ganzen Tag am Fenster und beobachtet die Leute. Vielleicht weiß er ja was. Er wohnt gleich da vorne am Eck."

Magnabosco rannte die Straße hinunter, und tatsächlich traf er dort auf einen halslosen, übergewichtigen Mann, der gerade seinen Hausmüll in eine schwarze Tonne stopfte. Schwer atmend blieb er neben ihm stehen und zeigte ihm seine Dienstmarke.

„Polizia di Stato, Magnabosco mein Name. Sie haben nicht zufällig eine junge Polizistin in Uniform gesehen, die in der letzten halben Stunde hier in der Gegend war?"

„Sie meinen die, die mit dem Streifenwagen gekommen ist? Ja, ich habe sie in die Wohnung von der Delmonego gehen sehen. Haben Sie das arme Ding eigentlich wiedergefunden? Dass aber auch immer erst was passieren muss, bevor ihr etwas unternehmt …"

„Jaja, schon gut. Und was ist dann passiert? Wann hat sie die Wohnung verlassen?"

„Keine Ahnung. Ich stehe doch nicht den ganzen Tag am Fenster und beobachte die Menschen. Dafür ist die Demetz zuständig. Die mit dem kleinen Köter, der überall hinsch…"

„Haben Sie gesehen, ob noch jemand außer ihr die Wohnung betreten hat?"

„Wie gesagt, ich war anderweitig beschäftigt. Wenn ich im Keller bin, kann ich nicht gleichzeitig auf die Straße schauen."

„Danke", knurrte Magnabosco und streckte ihm sein Visitenkärtchen hin. „Falls Ihnen doch noch etwas einfällt."

Der Mann nickte, steckte die Karte in die Tasche seiner abgetragenen Jogginghose und ging zurück zu seiner Haustür. Dann drehte er sich noch einmal zu ihm um.

„Ich hoffe, Sie finden sie bald. Viel Glück."

Magnabosco rannte zurück zu Nataschas Wohnung. Vielleicht war ja alles nur ein Albtraum und Carmela würde gleich in der Küche vor ihm stehen und lachen, weil er sich unnötig um sie gesorgt hatte. Doch da war niemand, die Zimmer waren noch immer leer, keine Spur von ihr. Magnabosco stieg die Kellertreppe hinunter, aber er fand nur unübersichtlich gestapelte Gartengeräte und Fahrräder mit platten Reifen.

Als er wieder oben in der Wohnung war, hatte sich die Spurensicherung bereits eingefunden. Auch Nothdurfter war da und nahm Magnabosco beiseite.

„Wer kann das getan haben? Dieser Staffler?", fragte Nothdurfter.

„Ein anderer kann es kaum gewesen sein. Hilber ist tot, Schlosser ist im Altersheim, nach Natascha Delmonego wird gesucht und Verena Psenner ist bei ihren Eltern."

„Wir haben bereits alle Kräfte mobilisiert, nach Carmela wird im Umkreis von fünfzig Kilometern gesucht. War sie bewaffnet?", fragte Nothdurfter und legte Magnabosco kurz die Hand auf die Schulter.

„Ja, sie trug ihre Dienstwaffe bei sich."

„Dann müssen wir davon ausgehen, dass jetzt der Entführer bewaffnet ist."

*

Magnabosco saß vor seinem Teller Pasta al ragù und stocherte lustlos darin herum. Er versuchte, eine Nudel hinunterzuwürgen, doch sein Magen streikte.

„Ich kann nichts essen, Maria. Tut mir leid", sagte er und nahm Edoardo auf seinen Schoß. Sein kleiner Ziehsohn lächelte nicht, sondern sah ihn mit großen, traurigen Kulleraugen an. Bei seinem Anblick schossen Magnabosco die Tränen in die Augen. Er schluckte hart und drückte ihn noch ein wenig fester an seine Brust.

„Wenn Carmela etwas passiert … Das ist alles meine Schuld! Ich hätte sie nicht alleine gehen lassen dürfen. Sie hat einfach noch nicht genug Erfahrung."

Nonna Maria trocknete ihre Tränen mit einem Papiertaschentuch. Seit Magnabosco alleine nach Hause gekommen war und versucht hatte, ihr Carmelas Entführung schonend beizubringen, hatte sie nicht mehr aufgehört zu weinen. Vorwürfe hatte sie Magnabosco keine gemacht, sondern ihn fest umarmt und sofort ein Abendessen zubereitet. Der Kommissar verstand, dass Carmelas Großmutter sich beschäftigen musste, um sich zu beruhigen, und ließ sie gewähren.

„Vielleicht hat sie nicht viel Erfahrung", sagte die Nonna und schniefte. „Aber Carmela ist schlau. Stell dir vor, früher, als sie klein war, da schloss das Nachbarskind sie einmal beim Spielen in einen verlassenen Keller. Das Kind kam zurück und wusste nicht mehr, wo der Keller war. Wir waren alle in größter Sorge und machten uns auf die Suche nach ihr. Wir waren den ganzen Nachmittag unterwegs, konnten sie aber nicht finden. Als wir völlig verzweifelt nach Hause zurückkamen, saß Carmela mit einer Packung Chips auf der Terrasse und wartete auf uns. Sie meinte, die Tür aufzubrechen, sei ganz einfach gewesen."

Magnabosco lächelte und versuchte, sich Carmela als chipsessendes Kind vorzustellen.

„Wenn wir doch bloß einen Anhaltspunkt hätten, wo man sie hingebracht hat. Die Polizei und die Feuerwehr suchen alles ab, aber bisher haben sie nicht einmal einen Hinweis. Der Entführer hat ihr Handy zertreten, aber sonst keine Spuren hinterlassen. Bestimmt ist es derselbe, der auch Natascha Delmonego entführt hat."

„Und wenn er sie tötet?", rief Nonna Maria verzweifelt und begann erneut zu schluchzen.

„Nein, das wird er nicht", sagte Magnabosco entschlossen, obwohl er ganz und gar nicht überzeugt davon war. Sofort sah er Carmela vor sich, die tot in einem Keller lag.

„Hast du in der Burgruine nachgesehen?", fragte Nonna Maria.

„Natürlich, dort bin ich gleich als Allererstes hingefahren. Aber dort war nichts. Ich habe auch die Wohnung von unserem Hauptverdächtigen durchsuchen lassen, alles leer. Wir haben ihn nach dem Verhör nicht weiter festhalten dürfen, es gab keine handfesten Beweise gegen ihn. Jetzt ist er zur Fahndung ausgeschrieben."

„Halte durch, mein lieber Filippo, und iss etwas, damit du zu Kräften kommst", meinte die Nonna teilnahmsvoll und versuchte, auch Edoardo ein kleines Stückchen Parmesan anzubieten. Der Hartkäse schmeckte ihm.

Nun nahm auch Magnabosco ein Stückchen Käse und schaffte es, ihn zu essen. Langsam, mit wachsendem Appetit, aß er die Pasta auf, die die Nonna ihm zubereitet hatte.

„Du wirst nicht schlafen können. Ich mache dir jetzt einen Kaffee, und dann bringe ich Edoardo ins Bett. Lass mich nur ab und zu wissen, wie es dir geht, Filippo."

„Ich kann dich doch nicht ständig anrufen, Maria. Du brauchst deinen Schlaf. Und du musst fit sein, wenn Carmela wieder zurückkommt. Sie wird dich brauchen."

„Dann schick mir doch eine Nachricht auf WhatsApp", verkündete Maria mit einem Lächeln. „Carmela hat mir gezeigt, wie das geht. Ich kann sogar schon Selfies machen!"

Magnabosco lächelte sanft, legte ihr den schläfrigen Edoardo in den Arm und trank den heißen Kaffee. Sofort fühlte er, wie die Kräfte zurückkehrten. Leise verließ er seine Wohnung und machte sich auf den Weg ins Präsidium, wo Nothdurfter ihn in seinem Büro erwartete. Zu Magnaboscos großer Enttäuschung gab es jedoch keine neuen Nachrichten von der Entführten.

*

Carmela erwachte mit dröhnenden Kopfschmerzen. Sie blickte ins Dunkel, tastete um sich, spürte etwas Weiches. Ihr Mund war trocken, sie hatte Durst. *Stai calma*, befahl sie sich selbst, während ihr Herz wild pochte. Ruhig bleiben. Nachdenken. Sie begann, sich selbst zu befragen. Bist du verletzt? Ja, ihr Kopf tat weh, sie hatte einen Schlag auf den Hinterkopf bekommen. Wo ist dein Handy? Sie tastete ihre Hosentaschen ab, dann ihre Jackentasche, doch da war nichts. Es raschelte, sie hörte ein Geräusch. Wo, verdammt noch mal, ist dein Handy? Ok, kein Handy. Was hast du dabei? Sie setzte sich auf. Ihr Blick fiel auf einen einzigen, hell leuchtenden Punkt in der Mitte des Raums. Sie suchte weiter ihre Taschen ab und fand eine Taschenlampe. Sie funktionierte gut, erst am Vortag hatte sie die Batterien ausgetauscht. Das Erste, was Carmela im Schein des Lichts erkannte, war ein an die Wand gemalter Regenbogen. Dann Gerümpel, Holzstühle, alte Kleidung, Lumpen, Fensterrahmen, Bauschutt, alte Schuhe, ein Monitor und mehrere Matratzen. Dominierend war jedoch vor allem eines: ein fürchterlicher Geruch, den sie aber nicht zuordnen konnte. Sie lauschte, doch das Geräusch, das sie zuvor wahrgenommen hatte, war verstummt.

„Hallo?!", rief sie. „Ist da jemand? *Dove cazzo sei*, Staffler?", schrie sie wütend. Sie stand auf und suchte den Raum ab. Fünfzehn Meter lang, sieben Meter breit. Eine alte Halle. Sie fand immer mehr Lichtquellen, im Schein der Taschenlampe konnte sie sich orientieren.

Sie entdeckte eine nach unten führende Wendeltreppe, die an einer verschlossenen Tür endete. Vermutlich war dies der einzige Ausgang aus ihrem schmuddeligen Gefängnis. Ein wenig Tageslicht fiel durch das Schlüsselloch herein. Die Tür war verschlossen. Sie stieß erst mit der Schulter dagegen, dann mit dem Fuß, doch die Tür bewegte sich keinen Millimeter. Sie musste das Schloss aufschießen. „Wo ist deine Pistole?", fragte sie sich laut, um sich etwas Mut zu machen. Sie hatte sie nicht mehr.

Sie versuchte, durch das Schlüsselloch zu schauen, und schrie um Hilfe. Als sie noch einmal tief Luft holte, wurde der Gestank unerträglich. Erst jetzt wurde ihr bewusst, was ihre Nase wahrnehmen musste. „*Ma che schifo* … das ist eine einzige stinkende Kloake …", fluchte sie angewidert. Ein verlassenes Haus, in dem Obdachlose ihren Unterschlupf fanden, kam Carmela in den Sinn, und sie hoffte, dass vielleicht abends jemand hierherkommen und sie befreien würde.

Plötzlich hörte sie ein Stöhnen. Es kam aus dem großen Raum, in dem sie mitten in dem Chaos aus alten Lumpen, Möbeln und stinkendem Müll aufgewacht war. Carmela schützte sich mit ihrer Taschenlampe und stieg vorsichtig wieder die Treppe hinauf.

Erst als sie die anderen Matratzen untersuchte, erkannte sie, dass eine zweite Frau hier lag. Sie war jung, hatte langes schwarzes Haar und machte keinen so verwahrlosten Eindruck, wie ihn die Umgebung erwarten ließ. „Wer bist du?", fragte Carmela vorsichtig. Die Frau öffnete die Augen. Dann schloss sie sie wieder.

„Hast du Drogen genommen?", fragte Carmela und schüttelte sie. Sie kam wieder zu sich.

„In dem Wasser … ich glaube, da sind Schlafmittel drin. Ich heiße …"

„Hey, wach auf! Bleib bei mir", befahl Carmela ihr harsch.

„… Natascha."

„Du bist Natascha Delmonego?", rief Carmela und bekam Gänsehaut vor lauter Freude, sie endlich lebend gefunden zu haben. „Was ist passiert? Hat Georg dich hierhergebracht?"

„Ja", flüsterte sie schwerfällig. „Und mir hin und wieder eine Wurstsemmel und Wasser vorbeigebracht. Dabei bin ich doch Vegetarierin …"

Carmela musste lachen und half Natascha, sich aufzurichten.

„Wir müssen hier raus. Komm, hilf mir, zu zweit schaffen wir es bestimmt."

„Ich habe schon alles probiert. Die Tür nach unten ist dicht. Und die Fenster wurden von außen zugemauert."

„Weißt du, wo wir sind?"

„Ich glaube, nicht weit weg von Bozen."

„Das ist gut", sagte Carmela. „*Vieni*, Natascha, wir suchen jetzt Werkzeug, und dann sind wir schneller weg, als du es dir vorstellen kannst."

Carmela fand einen hölzernen Hocker und stieß ihn mit Schwung gegen ein großes, rostiges Blech, hinter dem sie ein Fenster vermutete. Der Rückstoß war so heftig, dass sie fast zurückgeschleudert wurde.

„Hier, probier es mal damit", sagte Natascha, die langsam wieder zu sich kam, und reichte ihr einen alten Fahrradsattel, der noch mit seiner Stütze verbunden war.

Mithilfe eines wackligen Tisches schaffte Carmela es, an ein kleines, höher gelegenes Fenster zu gelangen und es aufzubrechen. Mit der Sattelstütze begann sie, die dahinterliegenden Tonziegel zu durchlöchern. Als das Loch nach einer gefühlten Ewigkeit groß genug schien, fragte sie Natascha, ob sie es durch die Öffnung schaffen würde.

„He, willst du etwa behaupten, ich sei zu dick?", entgegnete Natascha mit gespielt beleidigter Miene.

Gemeinsam befreiten sich die beiden Frauen aus dem verlassenen Gebäude. Nun erst erkannten sie, dass es sich um das ehemalige Lehrlingsheim St. Josef im Bozner Stadtteil Haslach handelte. Als sie auf dem verwilderten Grundstück standen, sogen sie gierig die eiskalte Luft ein.

„Ich wusste nicht, dass Abgase so gut riechen können", rief Natascha. Schnell bahnten sie sich einen Weg durch das Gestrüpp und den herumliegenden Bauschutt. Nun endlich standen sie auf einer Straße und fielen sich in die Arme.

„Da kommt ein Bus!", rief Carmela und zog Natascha auf die andere Straßenseite.

Der Fahrer musterte die beiden Frauen argwöhnisch und verlangte einen Fahrschein.

„Dies ist eine Notsituation", sagte Carmela streng und zeigte auf ihre dreckige Uniform.

Eine ältere Dame rümpfte die Nase und suchte sich einen anderen Sitzplatz.

„Hat die Polizei jetzt etwa nicht mal mehr Geld für Seife?", meckerte sie. „Sie stinken abscheulich."

„Noch ein Wort, und wir setzen uns neben Sie!", gab Natascha zurück.

„Wie wäre es denn, wenn ich Sie beide direkt zur Quästur fahre? Ich glaube, damit wäre uns allen geholfen", beschloss der Fahrer der Buslinie Nr. 14 und brachte Carmela und Natascha auf direktem Weg ins Präsidium.

*

Magnabosco betrat sein Büro gegen zehn Uhr am nächsten Morgen. Er fröstelte vor Erschöpfung und schaltete die Heizung ein. Dann fuhr er seinen Computer hoch und schrieb Carmela am Handy eine Nachricht. Sie hatte sich heftig dagegen gewehrt, mit ihrer Kopfverletzung ins Krankenhaus zu gehen. Immerhin konnte Magnabosco sie davon überzeugen, den heutigen Tag im Bett zu verbringen und sich von der Nonna bekochen zu lassen.

„Es ist alles gut, Filippo. *Ti amo*", antwortete sie wenig später.

Es klopfte, und Magnabosco bat den Besucher herein.

„Sie wollten mich sprechen, Herr Magnabosco?", fragte eine näselnde Stimme.

„Ach, richtig, Herr Schmalzl. Danke, dass Sie gleich herkommen konnten. Haben Sie die Postkarten dabei?", fragte Magnabosco freundlich und bot dem Journalisten einen Stuhl an.

„Ja, sicher. Wenn ich damit irgendwie dazu beitragen kann, den Mord an Magdalena aufzuklären?"

„Das können Sie allerdings, Herr Schmalzl. Ich habe mit der Polizei in Klagenfurt gesprochen. Man hat mir gesagt, dass Frau von Edelstain tatsächlich zunächst als vermisst gemeldet worden war. Dann wurde die Anzeige aber von mehreren Personen dementiert, weil sie alle Postkarten von ihr erhalten hatten. Mit ein bisschen Glück können wir herausfinden, wer die Karten damals versendet hat."

„Das ist über zwanzig Jahre her, Herr Magnabosco."

„Wie gesagt, es ist ein Versuch. Vielleicht kann unser Labor ja die DNA unter den Briefmarken extrahieren. Vorausgesetzt natürlich, dass unser Postkartenfälscher sie selbst abgeleckt hat."

„Dann hoffen wir mal, dass er seine eigene Zunge dafür benutzt hat und nicht *post mortem* …", gab Schmalzl zu bedenken.

Magnabosco starrte ihn an. „Sie sprechen von dem Fall Anne Marschall, die einem ihrer Opfer die Zunge …?"

„Ich wünsche Ihnen viel Erfolg, Magnabosco. Lassen Sie es mich bitte wissen, wenn Sie den Mörder gefunden haben. Alles Gute."

Kapitel 17
1. Januar 2001

„Liebste Agnes, mein Schatz, mein Ein und Alles.

Ich sende dir diese letzten Zeilen, um dir eine recht erfreuliche Nachricht zu verkünden.

Magdalena, deine Schwester, ist tot. Sie ist am Abend des 6. Dezember in ihrem Apartment in Schloss Knillenberg verstorben. Ich verschone dich, liebste Agnes, mit den Details, schließlich möchte ich dich nicht damit aufwühlen. Du sollst nur wissen, dass dein Schicksal gerächt ist und deine liebe Seele nun endlich ihren Frieden finden kann.

Halte mich nicht für einen Mörder, Agnes, denn das bin ich nicht. Ich schwöre bei meiner Liebe zu dir, sie nicht einmal angerührt zu haben. Ein junger, kräftiger Mann und sein höriger Laufbursche haben diesem hinterlistigen Weib aufgelauert und ihrem Leben ein Ende gesetzt.

Heute ist der 1. Januar, Agnes, Dorf Tirol ist kalt und trüb, keine Menschenseele weit und breit. Ich werde das Haus nur kurz verlassen, um dir diesen Brief zu bringen. Ich hoffe, er erreicht dich, wo immer du jetzt auch bist.

In ewiger Liebe,

dein Peter“

Peter Schlosser trank den letzten Schluck Branntwein aus, streckte seinen Rücken durch und schloss kurz die Augen. Er empfand tiefe Ruhe und Genugtuung. Er hatte seine Aufgabe ausgeführt, es war vollbracht: Magdalena von Edelstain war tot, sie konnte ihm sein Heim nicht mehr wegnehmen, der Verkauf des Johanneums würde nicht mehr vollzogen. Jedenfalls nicht an sie, die Schwägerin, die ihrer eigenen Schwester das Leben zur Hölle gemacht hatte. Agnes' Seele war von ihrem bösen Geist befreit, er hatte ihren Tod gerächt. Nun hatte er auch die richtigen Worte gefunden, um Agnes von dem Tod ihrer Schwester zu erzählen, ohne ihre Seele mit blutrünstigen Beschreibungen aufzuwühlen.

Schlosser öffnete wieder die Augen und betrachtete noch einmal das Geschriebene. Ihm war bewusst, dass man ihn verdächtigen und anklagen würde. Wenn man den Brief fand, würde man ihn sofort als Auftraggeber eines furchtbaren Mordes hinter Gitter bringen. Also musste er sie täuschen, all diejenigen, von denen er wusste, dass sie Kontakt zur Gräfin gehabt hatten. In ihrer Kammer im Schloss Knillenberg hatte er ein Büchlein mit allerlei Notizen und Adressen gefunden. Da waren der Graf des Schlosses Schenna, der Direktor des Schlosses Tirol, ein Herr vom Burgeninstitut und ein gewisser Andreas Schmalzl eingetragen. Außerdem hatte sie sich die Anschriften einiger Familien in Klagenfurt notiert. Auch Agnes' Namen fand er in dem Büchlein, fast erschrak er bei dem Anblick seiner eigenen Adresse.

Schlosser nahm die Grußkarten hervor und versuchte, die Handschrift der Gräfin so gut wie möglich zu imitieren. Im Nachmachen von Unterschriften war er schon in der Schule ein Ass gewesen und war dafür oft von seinen Mitschülern beansprucht worden. Er sandte herzliche Grüße und schrieb, dass sie, Magdalena, sich ein wenig Zeit genehmige, um die Schenkungen noch einmal zu überdenken. An Andreas schrieb er, dass sie ihn nicht mehr sehen wolle, da sie davon melancholisch werde. Fein säuberlich klebte er dann die österreichischen Briefmarken auf die Postkarten. In den kommenden Tagen würde er auf den Brennerpass fahren und sie in den nächsten gelben Postkasten werfen.

Er stand auf und sah aus dem Fenster seiner kleinen Lehrerwohnung. Es hatte angefangen zu schneien, der Innenhof des Johanneums war schon von einer feinen weißen Schicht bedeckt. Wie es in diesem Moment wohl seinen beiden Schülern Georg und Martin ging?

An jenem 6. Dezember hatte er plötzlich einen Anruf von Georg erhalten. Brüllend hatte ihm dieser berichtet, dass Martin getürmt sei, er ihn aber nicht aufhalten könne, weil er bei der halbtoten Edelstain bleiben müsse. Schlosser war sofort nach Meran gefahren, hatte seinen Wagen ein paar Straßen von Knillenberg entfernt geparkt und war Staffler zu Hilfe geeilt.

Er hatte den Jugendlichen im Wohnzimmer der Gräfin gefunden, mit einem blutigen Beil in der Hand. Regungslos und mit wachsamen Augen war er auf einem Holzschemel gesessen und hatte die bewusstlose, blutende Frau beobachtet, die mit schlaffen Gliedern auf einer geblümten Couch lag. Sie hatte noch flach geatmet.

„Drück ihr das Kissen ins Gesicht", hatte Schlosser ihm befohlen. Georg hatte sich stoisch und ohne Widerworte erhoben, ein Sofakissen genommen und es mehrere Minuten lang auf das Gesicht der Gräfin gedrückt. Ihr Körper hatte sich noch einmal kurz bewegt, dann war das letzte bisschen Leben aus ihr gewichen. Georg selbst hatte sich in eine gefühllose Maschine verwandelt, die einfach die Befehle des Lehrers ausführte.

„Wir können sie so nicht wegbringen. Das ist zu auffällig", hatte der Lehrer festgestellt.

„Ich könnte sie klein hacken", hatte Georg vorgeschlagen und sein Beil aufgenommen. „Dann brauchen wir nur ein paar Plastiksäcke und können sie in die Etsch schmeißen."

„Nein, das Risiko, dass sie an Land geschwemmt wird, ist zu groß. Trenne ihre Glieder und ihren Kopf ab. Wir werden sie hinauf auf die Burgruine bringen und in der Zisterne vergraben. Du wirst dafür Sorge tragen, dass ihr Grab immer schön bedeckt ist, damit der Gestank nicht auffällt. Und Hilber erzählst du, dass wir sie in den Fluss geschmissen haben. Ich will nicht, dass er auf dumme Ideen kommt."

Mehr Sorgen machte Schlosser sich um Martin Hilber, der in der Nacht zurück ins Johanneum geflüchtet war und die nächsten vierundzwanzig Stunden mit heftigen Magenkoliken auf der Krankenstation verbracht hatte. Zwar hatte Schlosser Georg eingebläut, was er ihm sagen und welchen Ton er bei dem sensiblen Mitschüler anschlagen sollte, doch sicher war er sich nicht, dass Hilber nicht doch zur Polizei gehen und sich stellen würde. Auch wusste Schlosser, dass Hilber seit einigen Wochen mit einer jungen Dame namens Verena Psenner, der Nichte des Regens, poussierte. Würde Martin sich zu dem Mord an der Edelstain äußern, so würde es bis zur Verhaftung der drei nicht lange dauern. Nur die gefälschten Postkarten würden ihm ein wenig Zeit verschaffen und im Falle einer Aussage Martins als Gegenbeweise dienen.

Schlosser stand auf, steckte den Brief an Agnes ein, zog seinen Mantel an und verließ die Lehrerwohnung. Auf den Gängen herrschte Leere, nur eine der Schwestern kam über den Flur gehuscht, begrüßte ihn mit einem freundlichen Nicken und wünschte ihm ein gutes neues Jahr. Auch die Zimmer der Schüler waren verwaist, die Jungen waren über die Weihnachtsfeiertage bei den Familien und würden erst am 8. Januar ins Internat zurückkehren. Er öffnete die schwere Eingangstür und ging langsam hinunter ins Dorf zum Friedhof, an das kleine Urnengrab seiner Frau. Niemand war hier, keiner besuchte an diesem Tag seine Toten. Mit der Hand wühlte er die Erde unter den erfrorenen Nelken auf und schob den Brief tief hinein.

Kapitel 18
19. Dezember 2022

Filippo Magnabosco erwachte mit furchtbaren Kopfschmerzen, seine Schläfen pochten, ein heftiges Ziehen ergriff seine Stirn.

„Wo bin ich?", stöhnte er und versuchte, seine Augen gegen das gleißende Licht abzuschirmen, das durch die Jalousien der Schlafzimmerfenster fiel.

„In deinem Bett, Filippo", murmelte Carmela in ihr Kissen, hob dann den Kopf an und schmiegte sich an ihn.

„Ich brauche einen Kaffee", stöhnte Magnabosco und sah auf die Uhr. „Verdammt, es ist gleich acht, wir haben Besprechung!"

In Windeseile zog Magnabosco sich an, warf sich eine Kopfwehtablette ein, drängte Carmela zum Aufbruch und fuhr mit ihr ins Präsidium.

„Du wirst einen Strafzettel bekommen", nörgelte sie und hielt sich an ihrem Sitz fest, als Magnabosco seinen Wagen mit quietschenden Reifen von der Bozner Marconistraße in die schmale Einfahrt des Polizeigebäudes lenkte.

„Nicht nur einen", antwortete Magnabosco.

Im Laufschritt erreichten sie den Sitzungssaal, in dem sich die Kollegen der Kriminalpolizei bereits eingefunden hatten und nur noch auf das Erscheinen des Kommissars und seiner Assistentin warteten. Magnabosco setzte sich und entschuldigte sich höflich.

„Nun, Filippo“, begann der Kollege aus dem Labor, „du hast mit deinem Verdacht richtiggelegen. Ich konnte das letzte bisschen DNA von den Briefmarken auf den Postkarten sichern. Tut mir übrigens leid, dass das so lange gedauert hat, aber es war echt kompliziert. Jedenfalls stammt sie tatsächlich zu 99,9 Prozent von Peter Schlosser.“

„Sehr gut“, antwortete Magnabosco. „Konntest du die Poststempel entziffern?“

„Ich konnte nur ‚Innsbruck‘ lesen. Die frühesten Postmarken tragen einen Stempel vom Januar 2001, die spätesten aus dem Jahr 2003. Wir können also davon ausgehen, dass die Gräfin kurz davor ermordet wurde. Wir sprechen also vom Winter 2000.“

„Pamela und ich haben weitere Untersuchungen an den Knochen durchgeführt“, meldete sich nun Alfred Gruber, der Pathologe, zu Wort. „wir können nun mit Gewissheit sagen, dass die Extremitäten vom Rumpf abgetrennt wurden. Wahrscheinlich hat man eine Axt oder ein Beil dafür benutzt.“

„Sprich, jemand hat die arme Frau in Stücke gehackt?“, fragte Magnabosco nach.

„Ja. Anschließend hat man sie dann in der Zisterne auf Burg Maultasch vergraben.“

„Dass das niemand gerochen hat …“, gab ein Kollege aus der KTU zu bedenken.

„Wahrscheinlich hat zunächst jemand regelmäßig dafür gesorgt, dass sie unter einer ordentlichen Schicht Erde lag. In den letzten Jahren scheint das allerdings nicht mehr passiert zu sein ... so ist der Boden langsam abgesackt und hat das Skelett freigegeben", erklärte Nothdurfter.

„In Stafflers Haus gibt es jede Menge Beile – vielleicht sollten wir noch mal nachprüfen, ob wir eines finden, das zu den Schnittspuren auf den Knochen passt. Und wir sollten Schlosser fragen, ob er sich an seine Postkarten erinnert."

*

Eine Stunde später betraten Filippo Magnabosco und Carmela Pasqualina das Seniorenheim in Dorf Tirol. Die Pflegeleiterin begrüßte die beiden Ermittler höflich und informierte sie, dass die Psychologin Dr. Reinstadler bereits bei Peter Schlosser saß und auf sie wartete.

„Guten Morgen, Frau Reinstadler", sagte Magnabosco und gab ihr die Hand. Sie erhob sich kurz von ihrem Stuhl und schenkte ihm und Carmela ein naserümpfendes Lächeln. Dann überließ sie dem Kommissar ihren Stuhl und ging zum Fenster, um die Vorhänge zu öffnen. Die Wintersonne schien herein und tauchte das Zimmer in gelbes Licht.

Schlosser saß auf seinem Bett und nippte an einer Plastiktasse. Ein leichter Geruch nach dünnem Kaffee erfüllte den Raum. Schlossers Rücken war gebeugt, er schien sich mit letzter Kraft noch einmal aufgerichtet zu haben, um zu trinken. Mit zitternden Händen stellte er die Tasse ab und betrachtete die Gruppe mit perplexer Miene. Er war offensichtlich in sehr schlechter Verfassung.

Dr. Reinstadler wandte sich an Schlosser und flüsterte ihm zu: „Das sind die Herrschaften von der Kripo, die neulich schon hier waren, wegen Frau von Edelstain."

Er schien kurz nachzudenken, dann verfinsterte sich seine Miene: „Was wollen Sie noch von mir? Ich habe doch schon alles gesagt", fragte er harsch. „Genügt Ihnen mein Geständnis nicht?"

„Das Problem ist, dass wir nicht glauben, dass es sich so zugetragen hat", antwortete Magnabosco. „Herr Schlosser, im Dezember des Jahres 2000 ist hier in Meran Magdalena Gräfin von Edelstain ermordet worden. Anschließend wurden gefälschte Postkarten versendet, um ihren Freunden und Angehörigen weiszumachen, dass sie noch lebe. Wir konnten Ihre DNA auf den Briefmarken feststellen."

Schlosser hielt seine rechte Hand fest, um das Zittern zu kontrollieren.

„Ich habe viele Briefe und Karten in meinem Leben versendet. Als ich mit Agnes in den Flitterwochen war, habe ich einen ganzen Stapel verschickt. Kein Wunder, dass Sie meine Spuren darauf gefunden haben."

Die Psychologin wandte sich an Magnabosco und riet ihm, seine Fragen direkter zu stellen. „Ich fürchte, Ihnen bleibt nicht mehr viel Zeit, Herr Kommissar", fügte sie leise hinzu. „Sein Leben zieht gerade an ihm vorbei."

„Warum diese Postkarten? Wollten Sie den Mord vertuschen? Sich Zeit verschaffen? Oder jemand anderem damit helfen?“

„Fragen Sie doch einfach meine Frau“, krächzte Schlosser und röchelte. Er legte sich schwerfällig zurück.

„Möchten Sie etwas trinken?“, fragte die Psychologin ruhig und näherte sich dem alten Mann.

„Nein, ich habe keinen Durst.“

Schlosser versuchte, sich in seinem Bett zu bewegen, doch dazu war er bereits zu schwach.

„Ich will jetzt meine Ruhe. Lassen Sie mich bitte alleine.“

Er schloss immer wieder die Augen, seine Hand, die zuvor noch so heftig gezittert hatte, lag nun völlig ruhig neben seinem Körper. Magnabosco sah den alten Mann an und bemerkte, wie blass er in den letzten Minuten geworden war. Sein Gesicht war nun nicht mehr rosig, sondern hatte eine ungesunde, aschgraue Farbe angenommen. Er schnappte nach Luft.

„Herr Schlosser, wer war an dem Mord beteiligt?“, fragte Magnabosco noch einmal.

„Gehen Sie zu meiner Frau“, presste er noch einmal hervor. „Sie kann Ihnen alles erklären.“

„Ihre Frau ist seit über zwanzig Jahren tot, Herr Schlosser“, sagte die Psychologin sanft und nahm seine Hand. Dann drückte sie den Alarmknopf.

„Wo haben Sie damals gewohnt, Herr Schlosser?“, fragte Carmela.

„Im Lehrertrakt des Liebeswerks, ich meine, des Johanneums“, erklärte die Psychologin an seiner

Stelle. „Herr Schlosser hatte dort eine kleine Wohnung."

„Und Ihre Frau hat bei Ihnen gewohnt?", erkundigte Carmela sich.

„Hauptstraße 13", flüsterte Schlosser. Dann atmete er hörbar aus und sackte in sich zusammen.

„Herr Schlosser", rief Magnabosco, „wer hat die Gräfin wirklich getötet? War es Staffler?"

„Verlassen Sie bitte den Raum", befahl die Pflegerin, die inzwischen hinzugekommen war. Sie prüfte den Puls des alten Mannes. Magnabosco gehorchte und verließ nach Carmela und der Psychologin das Zimmer. Aus den Augenwinkeln konnte er noch erkennen, dass die Pflegerin Schlossers Augen zudrückte, seine Hände ineinander faltete und ihm mit dem Daumen ein Kreuz auf die Stirn zeichnete.

„Es tut mir unendlich leid", sagte die Psychologin.

„Was meinte er damit, dass wir seine Frau fragen sollen?", fragte Carmela und gab die Adresse ein, die Schlosser ihnen in seinen letzten Atemzügen verraten hatte. „Hauptstraße 13 ist die Adresse vom Friedhof", sagte sie dann nachdenklich.

„Dann werden wir ihr wohl dort einen Besuch abstatten", beschloss Magnabosco. Müde fuhr er sich mit der Hand über das Gesicht und verabschiedete sich von der Psychologin.

Carmela kniete vor der kleinen Grabstätte der Agnes von Edelstain nieder. Die Blumen waren verdorrt und mit Raureif überzogen.

„Was mag er wohl gemeint haben?“, murmelte Magnabosco nachdenklich und ging neben Carmela in die Knie.

„Ich glaube, dass er etwas in ihrem Grab versteckt hat“, antwortete Carmela und machte sich daran, den Boden abzutasten.

„Wir können doch hier nicht die ganze Erde aufwühlen“, entgegnete Magnabosco. „Ich rufe die Spurensicherung.“

„Was machen Sie da?“, fragte plötzlich eine freundliche Stimme hinter ihnen.

„Magnabosco, Polizia di Stato. Meine Kollegin Carmela Pasqualina“, stellte Magnabosco vor. Vor ihm stand der Pfarrer.

„Was ist mit dem Grab von Frau Agnes, wenn ich fragen darf?“, erkundigte er sich.

„Wir suchen ein Beweismittel, das sich vermutlich hier in diesem Grab befunden hat. Können Sie uns weiterhelfen, Pfarrer …?“

„Johannes. Ich weiß nicht, aber hier werden immer mal wieder Kuriositäten bei der Grabpflege gefunden. Kommen Sie mit in unser Gotteshaus. Vielleicht kann ich Ihnen helfen.“

Die beiden Ermittler folgten dem Pfarrer in die Kirche. Er bat sie, sich zu einem kurzen Gebet niederzulassen und einen Moment auf ihn zu warten. Wenige Minuten später kam er wieder zu ihnen und überreichte Magnabosco zwei verschlossene Briefe.

„Die wurden vor vielen Jahren auf Agnes’ Grab gefunden. Wahrscheinlich hat jemand sie unter die

Blumen geschoben. Wir haben sie natürlich nicht geöffnet, das Briefgeheimnis, Sie wissen schon. Warum suchen Sie denn danach?"

„Wir dürfen Ihnen leider nichts zu diesem Fall sagen. Wir haben nur vorhin Herrn Schlosser zu einer Sache befragt, die vor über zwanzig Jahren passiert ist."

„Wie geht es ihm denn?", erkundigte sich Pater Johannes nun.

„Er ist jetzt bei Agnes", erklärte Carmela sanft. „Wir hoffen, dass es ihm dort besser geht."

Kapitel 19
7. Januar 2002

Natascha Delmonego betrachtete die kleine Scheune hinter Georg Stafflers Hof, der sich nahe der Taser Alm oberhalb der Ortschaft Schenna befand. Es war ein kalter, trockener Winter, nur im November des Vorjahres hatte es in den Bergen rund um Meran ein paar Zentimeter geschneit. Ruhe herrschte hier auf der Anhöhe, auf der Weide grasten ein paar Kühe, eine Katze suchte im stoppeligen Gras nach einer Maus. Menschen konnte sie keine erblicken, das Nachbarhaus war mindestens dreihundert Meter entfernt.

Hier lebte Georg nun also. Mitten in der Einsamkeit, neben dem Wald, genau so, wie er es sich damals, als sie noch ein Paar gewesen waren, gewünscht hatte. Er war ein schwieriger Typ gewesen. Er hatte Natascha fasziniert und ihr zugleich Angst eingejagt. Natascha konnte sich daran erinnern, wie sie sich zum ersten Mal geküsst hatten, seine weichen Lippen hatten ihr Schauer über den Rücken gejagt. Er hatte ihr dieses Eulenkettchen geschenkt, das sie ihm bei einem Streit vor die Füße geschmissen hatte. Er hatte es wortlos aufgehoben, in seine Hosentasche gesteckt und keine Anstalten gemacht, es ihr zurückzugeben. Als sie ihn nach der Versöhnung danach gefragt hatte, hatte er behauptet, es verlegt zu haben.

Seine Stimmungsschwankungen waren schwer zu ertragen. Georg konnte im ersten Moment charmant und liebevoll sein, in der nächsten Minute missmutig und dann sogar aggressiv werden. Tatsächlich wusste Natascha vor keinem Treffen mit ihm, was ihr bevorstand.

Wenige Monate nachdem Georg die Matura mehr schlecht als recht abgelegt hatte, trennte sie sich von ihm. Ihre Eltern hatten sie davon überzeugt, eine Ausbildung zu machen und die Gegend eine Weile zu verlassen. Auch um ihren seelischen Zustand war es damals nicht gut bestellt. Seit jener Dezembernacht, in der sie Georg in der Nähe des Johanneums über den Weg gelaufen war, lebte sie mit wiederkehrenden depressiven Verstimmungen und Angstzuständen.

Selbst jetzt, über ein Jahr später, löste die Erinnerung an jene Nikolausnacht bei ihr noch ein Gefühl der Beklemmung aus. Sie war am Abend gegen den Willen ihrer Eltern zum Johanneum gegangen, um Georg einen Schokonikolaus vorbeizubringen. Sie wusste, in welchem Zimmer er wohnte, und war inzwischen darin geübt, ein Steinchen an seine Scheibe zu werfen. Sie war sich sicher, dass er im Internat war, schließlich fand an diesem Nachmittag im Schülerheim eine Feier statt, bei der keiner fehlen durfte.

In Georgs Zimmer war es dunkel. Natascha wartete eine knappe Stunde in der Kälte. Irgendwann hörte sie einen Bus, der vor dem Internat stehen blieb. Die

Türen öffneten sich und heraus stolperte ein Junge. Sie konnte nicht erkennen, wer es war. Er schleppte sich mit Mühe an das Schultor, wobei er strauchelte und fast hinfiel. Laut klopfte er mit der Faust gegen das Tor. Bald darauf wurde geöffnet und sie hörte den Aufschrei einer jungen Frau.

Natascha blieb mit klopfendem Herzen sitzen, dann ertrug sie die Kälte nicht mehr und drehte eine Runde um das Schulgebäude. Nichts regte sich. Sie sah noch einmal hinauf zu Georgs Zimmer, doch es war noch immer finster. Als sie sich schließlich durchfroren und enttäuscht auf den Heimweg machen wollte, hörte sie ein lautes Motorengeräusch. Sie versteckte sich hinter einem Baum und erkannte Georg, der aus einem Dreirad stieg. Eine zweite Person hielt in einem Pkw hinter ihm, stieg aus und sprach leise mit Georg. Natascha verstand ihre Worte nicht, sah jedoch, dass sie sehr in Eile waren.

Sie trat hinter dem Baum hervor und ging auf Georg zu. Er drehte sich zu ihr um und erstarrte. Sie ging einen Schritt zurück, sah, dass sein Gesicht verschmiert war.

„Natascha …", stammelte er, „was tust du denn hier?"

„Na ja, ich wollte dir etwas schenken … Was ist das in deinem Gesicht? Bist du in den Dreck gefallen?"

„Nein, also, nicht direkt. Schlosser hat meine Hilfe gebraucht. Ich muss jetzt leider. Wir hören uns dann nach Weihnachten, ok?"

„Bekomm ich wenigstens noch einen Kuss?", fragte sie.

Georg beugte sich zu ihr hinunter und drückte ihr einen Kuss auf die Lippen. Sie waren kalt, doch in Natascha erzeugten sie ein wohliges, warmes Gefühl.

Als sie schließlich nach Hause kam und ihr Gesicht im Spiegel betrachtete, bemerkte sie die Spuren von Erde, die Georg auf ihrer Wange hinterlassen hatte. Und das Blut.

„Was willst du denn hier? Schau zu, dass du Land gewinnst, Natascha", blaffte er sie an. Natascha hatte nicht bemerkt, dass Georg sich ihr genähert hatte, so sehr war sie in die Gedanken an jene Nacht versunken gewesen.

„Georg … ich …"

„Ich, ich, was ich? Ich will nicht, dass du hierherkommst."

„Ich wollte dich nur etwas fragen", sagte sie und versuchte, dabei so selbstsicher wie möglich zu klingen.

„Was?!"

„Damals, als wir uns im Dezember 2000 vor dem Johanneum gesehen haben …"

„Willst du jetzt die alten Geschichten aufwärmen? Du hast dich von mir getrennt, vergiss das nicht."

„Ja, schon … ich will ja auch nicht zu dir zurück. Es gibt da nur etwas, was mir keine Ruhe lässt."

„Jetzt spuck halt aus, was du willst. Ich habe zu tun", zischte Georg. Sein Blick wurde finster, er trat drohend auf sie zu.

„Da war Blut in meinem Gesicht, nachdem du mich geküsst hast. Woher kam das Blut?"

Georg lachte auf.

„Ach, und das fällt dir jetzt ein? Über ein Jahr später? Natascha, verzieh dich. Aber gut, wenn es dich so brennend interessiert – ich habe Schlosser geholfen, ein Tier zu bergen. Er ist Jäger."

„Mitten im Winter?"

„Es war am 6. Dezember. Und ab dem 7. Dezember darf man nicht mehr jagen. Echtes Waidmannsglück für ihn, kann man sagen."

Natascha sah zu Boden. Dann blickte sie wieder zu ihm auf. Georg schien sich beruhigt zu haben.

„Und wie geht es dir sonst so?"

„Gut, danke."

„Hast du das Kettchen denn wiedergefunden? Das mit der Eule?"

„Nein. Die Eule gibt es nicht mehr", entgegnete Georg. „Genauso, wie es uns nicht mehr gibt. Geh jetzt. Und komm nie wieder her."

Natascha erwiderte nichts. Sie sah ihm noch einmal in die dunklen Augen, drehte sich um und ging schnellen Schrittes davon. Mit ihrem Schal trocknete sie ihre Wangen. Sie schwor sich, dass sie keine Träne mehr an Georg verschwenden würde.

Kapitel 20
19. Dezember 2022

„Wie geht es Ihnen, Frau Delmonego?“, fragte Magnabosco freundlich und folgte Natascha in ihr Wohnzimmer. Carmela sah sich vorsichtig in der Wohnung um. Man hatte Natascha Personenschutz gewährt, nachdem sie wieder nach Hause gekommen war – zu groß war die Angst, dass Georg wieder bei ihr auftauchte und ihr etwas antat. Es wurde nun landauf, landab nach ihm gefahndet.

„Danke, es geht mir schon viel besser. Carmela, ich habe mich noch nicht richtig bei dir bedankt. Du hast mir das Leben gerettet.“

„Oh, doch, das hast du schon“, antwortete sie. „Aber ich glaube, wir haben uns gegenseitig das Leben gerettet.“

Natascha lächelte und berührte kurz ihren Arm.

„Wie kann ich helfen? Darf ich einen Kaffee anbieten?“

Magnabosco nickte.

„Gerne. Bei der Kälte tut uns das sicher gut.“

Natascha Delmonego bat die Ermittler, sich auf das Sofa zu setzen. Magnabosco sank in die tiefen, weichen

Kissen und empfand plötzlich eine heftige Müdigkeit. Schnell trank er seinen Kaffee aus, in der Hoffnung, die Augen offen halten zu können. Dieser Fall hatte ihm die letzte Lebensenergie geraubt, das spürte er. Vielleicht sollte er Nothdurfter ja doch bitten, ihn wieder in die Diebstahlabteilung zu versetzen.

„Was ist passiert, bevor Sie entführt wurden, Frau Delmonego? Hat Herr Hilber Sie kontaktiert?"

„Ja, kurz nachdem Verena und ich den Schädel in der Zisterne gefunden hatten, hat er mich angerufen. Er hat völlig verstört geklungen und gesagt, dass wir uns treffen müssen."

„Wer ist ‚wir'?"

„Martin und ich. Er hat gewusst, dass ich schon lange etwas ahnte. Und er wollte Georg dazuholen – er hat gemeint, dass sie diese Schuld gemeinsam tragen müssten. Er hat fast ein wenig erleichtert geklungen und hat gesagt, dass nun endlich alles ans Licht kommen würde. Als er Georgs Namen erwähnt hat, habe ich Angst bekommen. Aber dann habe ich mir gedacht, dass ich so endlich die Wahrheit erfahren und damit abschließen würde. Und schließlich wollte ich Martin auch beistehen, wir sind schon lange befreundet."

„Sie haben sich auf dem Parkplatz beim Waalweg in Schenna getroffen?"

Natascha nickte.

„Ja. Wir wussten, dass Georg dort in der Nähe Waldarbeiten durchführte, also haben wir dort auf ihn gewartet. Dort hat Martin mir dann erzählt, was in jener Dezembernacht passiert ist. Und Georg hat gestanden, dass er im Auftrag von Schlosser die Leiche der Edelstain in der Burg Maultasch verschwinden ließ. Georg hatte Martin gegenüber behauptet, die Leiche in die Etsch geworfen zu haben, doch Martin hatte sogar ihm nicht so viel Dummheit zugetraut. Als Martin gesagt hat, dass er sich stellen würde, ist Georg ausgerastet und hat uns mit seiner Axt bedroht und ins Auto gezwungen. Wir waren beide starr vor Angst."

„Was ist dann passiert?", fragte Carmela.

„Er ist mit uns zur Ruine nach Terlan gefahren. Ich weiß nicht, ob er uns ebenfalls töten oder nur einschüchtern wollte. Als wir oben waren, hat er uns beide in diese dunkle Höhle gebracht, dabei hat er Martin heftig gegen die Wand gestoßen. Als er gemerkt hat, dass Martin nicht mehr aufgestanden ist, hat er mich gefesselt und ist mit mir zum Auto zurück. Es ging alles so furchtbar schnell ..."

„Und dann hat er Sie ins ehemalige Lehrlingsheim in Bozen gebracht?"

„Ja, er hat mich in dieses grausige Versteck gezwungen. Ich konnte mir die Fesseln abstreifen. Vielleicht hatte er noch nicht die Courage, seine ehemalige Freundin umzubringen. Aber früher oder später wäre ich dort langsam erfroren oder verhungert oder hätte mir irgendwas eingefangen."

„Also sind Georg Staffler und Martin Hilber für den Tod der Edelstain verantwortlich? Würden Sie das vor Gericht bezeugen?"

Natascha nickte.

„Ja. Aber der Auftrag, die Edelstain umzubringen, ging wohl von diesem Lehrer aus. Schlosser hieß er, hat Georg gesagt."

„Und Sie können auch eindeutig bezeugen, dass Georg Martin tödlich verletzt und Hilfestellung unterlassen hat?"

„Ja, das kann ich."

„Frau Delmonego", sagte Magnabosco nachdenklich. „Es gäbe eine Möglichkeit, wie wir die Wahrheit über jene Dezembernacht erfahren können. Allerdings brauchen wir dafür die Hilfe Ihrer Freundin Verena."

Dann suchte er in seiner Jackentasche und nahm das Plastiktütchen mit dem Eulenanhänger hervor. Natascha erstarrte.

„Wo haben Sie das her?", fragte sie erschüttert. Ihre Stimme zitterte, Magnabosco erkannte, dass sie mit den Tränen kämpfte.

„Das ist unwichtig. Es gehört Ihnen, richtig?"

Natascha nickte. Sie hielt die Tüte zwischen ihren Fingern, Tränen tropften darauf.

„Möchten Sie es behalten?", fragte Magnabosco sanft. „Ich möchte aber nicht, dass es in Ihnen schlimme Erinnerungen weckt."

„Es weckt Erinnerungen an bessere Zeiten, Herr Magnabosco. Darf ich es denn überhaupt wiederhaben?", schluchzte sie.

„Ich bin allgemein als Schussel bekannt, Frau Delmonego. Da kann es schon einmal passieren, dass ich etwas verliere, was ich in Gewahrsam genommen habe."

Kapitel 21
20. Dezember 2022

Magnabosco empfand die vor ihm liegenden Kilometer als die längsten und steilsten seines Lebens, während er seinen Wagen durch Schenna und in Richtung des Waalweges lenkte. Sie hatten ihn gefunden. Georg Staffler war von einem Forstarbeiter in der Nähe seines Hofes gesehen worden. Offenbar befand er es für unnötig, sich versteckt zu halten, was Magnabosco noch unruhiger werden ließ.

Verena Psenner und Natascha Delmonego saßen auf der Rückbank. Sie starrten aus den Seitenfenstern, ohne miteinander zu sprechen. Verenas Hand lag in Naschas und drückte sie so fest, dass die Fingerknöchel hervortraten.

„Fahren Sie weiter bis zur Taser Alm“, gab ein Kollege per Polizeifunk durch.

Carmela tippte das Ziel in das Navigationsgerät ein.

„Acht Kilometer, einfach geradeaus“, wies sie an. Dann drehte sie sich zu den beiden Frauen um. „Verena, wir können die Aktion jederzeit abbrechen, wenn Sie wollen. Sie müssen uns nur das vereinbarte Zeichen geben.“

Verena nickte zaghaft und kontrollierte noch einmal, ob die Funkverbindung funktionierte.

Stafflers Hof lag verlassen auf über 1.500 Meter Meereshöhe. Sie hatten die Taser Alm hinter sich gelassen, ein paar Kilometer weiter hatte das Navigationsgerät angezeigt, dass sie ihr Ziel erreicht hatten. Vor ihnen, mitten auf einer graugrünen Wiese, standen das Wohnhaus, ein Geräteschuppen und ein Stall. Das laute Muhen einer Kuh drang daraus hervor. Magnabosco hielt in sicherem Abstand an und ließ die beiden Frauen aussteigen.

„Ich bewundere deinen Mut", sagte Natascha und drückte ihre Freundin zum Abschied an sich. „Endlich werden wir erfahren, was in jener Nacht passiert ist. Aber bitte pass auf dich auf, Georg ist unberechenbar."

Verena nickte: „Ich muss es endlich wissen. Auch um Martins Andenken bewahren zu können." Damit wandte sie sich um und steuerte gezielt auf den Hof zu.

„Das war eine Scheißidee", brummte Magnabosco im Auto und beobachtete mit dem Fernglas, wie Verena sich langsam dem Wohnhaus näherte.

„Ich habe Angst", sagte Carmela leise. „Er hat meine Waffe. Und wenn wir kein Geständnis bekommen? Wenn er sie erschießt? Oder uns angreift?"

„Wir werden rechtzeitig eingreifen. Heute kriegen wir ihn. Versprochen."

Carmela lächelte schüchtern und strich ihm kurz über die Wange.

„Ja, Filippo. Heute kriegen wir ihn."

„Jetzt geht es los, Verena ist im Haus", flüsterte Magnabosco und erhöhte die Lautstärke des Funkgeräts. „Wo bleibt die Verstärkung?"

Während Carmela noch einmal ihre Kollegen anrief, verfolgte er die Wortfetzen, die zwischen Georg und Verena umherflogen.

„Dass du dich hierhertraust! Ich hätte nicht gedacht, dich jemals wiederzusehen." Dann lächelte er dunkel: „Aber da du schon mal hier bist, kannst du mir vielleicht mit den Karpf helfen."

Verena nahm all ihren Mut zusammen und blickte Georg fest in die Augen: „Ich möchte nur eines verstehen, Jörg. Wie ist das mit Martin passiert?"

Plötzlich lachte Georg laut auf.

„Was, das mit dem Mord an der Edelstain? Das war er doch gar nicht. Er hat ihr nur den ersten Schlag versetzt. Den Rest habe ich mit Schlosser erledigt."

„Dann war er unschuldig?"

„Klar, Verena. Dein Schoßhündchen ist ja dann gleich mal geflohen und hat mir die Drecksarbeit überlassen."

„Musste er deshalb sterben?"

„Ich habe ihn nicht umgebracht, falls du das meinst. Ich habe ihm lediglich eine saftige Watschen gegeben, weil er mir mit der Polizei gedroht hat."

„Eine Watschen, an der er gestorben ist!", brach Verena nun hervor. „Du hättest ihm helfen müssen!"

„Er hat es nicht anders verdient", brüllte Georg. „Erst wollte er am Mord von der Edelstain mitprofitieren, und nun war er drauf und dran, mich zu verpfeifen!"

Da ertönte ein schriller Schrei.

„Ich habe genug gehört", beschloss Magnabosco, nahm hektisch seine Waffe aus dem Holster und rannte mit Carmela zum Haupthaus. Natascha wollte ihnen folgen, doch Magnabosco befahl ihr, beim Auto zu bleiben.

Drinnen wurde geschrien. Plötzlich stieß Georg die Tür auf, hielt Verena mit dem linken Arm blockiert, mit der rechten Hand drückte er Carmelas Pistole an ihre Schläfe.

„Lassen Sie sie los, Staffler. Runter mit der Pistole. Wir nehmen Sie wegen Mordes im Auftrag von Peter Schlosser und schwerer Körperverletzung mit Todesfolge fest. Außerdem wegen unterlassener Hilfeleistung und Freiheitsberaubung in zwei Fällen. Und wenn Sie Frau Psenner nicht sofort gehen lassen, dann auch wegen Geiselnahme."

„Ach Gott, der alte Schlosser ... Vergessen Sie es, Herr Kommissar. Ich lasse mich nicht einsperren. Mir reicht es. Wir bringen das hier und jetzt zu Ende", sagte Staffler entschlossen und verzog sein Gesicht zu einer hasserfüllten Grimasse.

„Runter mit der Waffe, sonst schieße ich", brüllte Magnabosco.

Staffler lachte hämisch auf. Jetzt entsicherte auch Carmela ihre Waffe. In diesem Moment erkannte Magnabosco, dass Georg seinen Finger am Abzug der Waffe krümmte. Ihm blieb keine Wahl: Er schoss. Verena schrie auf, schlug ihren Ellenbogen in Stafflers Seite und befreite sich aus seinem erschlaffenden Griff.

Der Hüne starrte den Kommissar an, nun trat Blut aus dem Einschussloch in seiner Stirn. Er gurgelte, taumelte, dann brach Georg Staffler tot zusammen. Verena sprang erschrocken zur Seite, stolperte und fiel zu Boden.

Magnabosco und Carmela brachten Verena zum Polizeiwagen, wo Natascha sie erwartete und fest in die Arme schloss. Sie weinte nicht, war erstarrt, blieb still und in sich gekehrt. Auch die beiden Ermittler sprachen kaum miteinander, zu tief war die Bestürzung, zu groß die Anspannung. Nachdem sie einige Schritte zurück zum Haupthaus gegangen waren, begann Carmela zu weinen.

„Naa … naa …“, machte Magnabosco und drückte sie an sich. Ihre Finger krallten sich in seinen Rücken, sie schluchzte unterdrückt.

„Ich will das nicht mehr, Carmela. Ich bin fertig“, sagte er vorsichtig. Vielleicht war dies ja der richtige Zeitpunkt, ihr zu sagen, dass er seine Versetzung beantragen wollte. Sie nickte verhalten und sah zu ihm auf.

„Ich weiß, Filippo. Ich habe die Papiere auf deinem Tisch gesehen.“

„Uns steht noch einiges bevor“, erklärte Magnabosco ihr und drehte sich noch einmal zu dem toten Staffler um.

„Das war Notwehr. Du hast Verena das Leben gerettet.“

„Wenn wir das hier überstanden haben, Carmela, dann …“

„Ja, Filippo?“, fragte sie. „Was ist dann?“

„Möchtest du dann …? Ich meine, natürlich nur, wenn du wirklich willst und dir das vorstellen kannst.“

Carmela lächelte gerührt. „Was meinst du genau, Filippo?“

„Na ja, ich wollte dich fragen, ob wir vielleicht ein Fest feiern könnten. So mit allen Freunden und Verwandten. Und Nonna Maria wird der Stargast.“

„Was für ein Fest, Filippo?“, fragte Carmela und ihr Weinen wurde zu einem glücklichen Lächeln.

„Wie wär's mit einer Hochzeit?“, schlug Magnabosco vor.

Noch bevor Carmela antworten konnte, parkten drei Streifenwagen mit quietschenden Reifen und lauten Sirenen vor Stafflers Scheune. Ihnen folgten Nothdurfter in seinem Privatauto, ein Krankenwagen und der Notarzt.

„Magnabosco, Gott sei Dank!“, rief der Vorgesetzte. „Geht es Ihnen beiden gut?“

„Wir sind okay“, antwortete Magnabosco und schüttelte dem sichtlich erleichterten Manfred Nothdurfter die Hand.

„Und Frau Psenner?“

„Sie ist bei Frau Delmonego im Wagen. Aber lassen wir sie noch einen Moment in Ruhe.“

Epilog
Januar 2023

Andreas Schmalzl nahm die vergilbte Visitenkarte aus seiner Geldbörse und wählte bedächtig die kaum noch lesbare Klagenfurter Telefonnummer. Es klingelte ein paar Mal, dann meldete sich eine männliche Stimme.

„Anwaltskanzlei Petermann."

„Guten Tag, mein Name ist Schmalzl. Spreche ich mit dem Anwalt von Magdalena Gräfin von Edelstain?"

Der Herr am anderen Ende der Leitung stockte, dann bestätigte er Schmalzls Frage. „Ich erinnere mich. Sie hat mir vor sehr langer Zeit Ihren Namen genannt. Danke, dass Sie mich anrufen. Die Gräfin … ist sie …?"

„Man hat sie gefunden, ja. Sie ist bereits seit über zwanzig Jahren tot. Ich melde mich wegen des Erbes der Margarete Gräfin von Tirol-Görz. Magdalena hat mir damals aufgetragen, Sie zu kontaktieren, falls ihr etwas zustößt, und Ihnen mitzuteilen, dass die vierzig Millionen an die Schlösser freigegeben werden sollen."

„Es handelt sich nicht mehr um vierzig Millionen, Herr Schmalzl."

„Was ist mit dem Geld passiert?", fragte Schmalzl erschrocken.

„Es hat sich fast verdoppelt. Wenn Sie einverstanden sind, werden wir auch die Beträge für die Empfänger entsprechend neu berechnen."

„Natürlich, das ist eine wunderbare Idee", sagte er. „Dann darf ich die Schlösser und die Diözese informieren?"

„Natürlich. Ach, und noch etwas, Herr Schmalzl. Mir liegt das Testament der Gräfin vor."

„Von ihrem eigenen Nachlass hat sie nie mit mir gesprochen. Es ging immer nur um das Erbe Margaretes."

„Magdalena war unter anderem die Besitzerin einer wunderschönen Wohnung im Schloss Knillenberg in Meran. Ihr letzter Wille ist, dass Sie sie erben."

Andreas Schmalzl traten Tränen in die Augen. Er wusste nicht, was er dem freundlichen Herrn Petermann antworten sollte.

„Ich glaube, die Gräfin hat Sie sehr gemocht, Andreas. Nehmen Sie ihr Geschenk an?"

Danksagung

Liebe Helferinnen und Helfer,

das Schreiben dieses Buches war eine ausgesprochen lehrreiche Zeit. Während der Abfassung des Manuskripts bin ich vielen freundlichen und hilfsbereiten Menschen begegnet, habe so einiges über die Gräfin Margarete von Tirol-Görz erfahren und durfte private Führungen durch ihre Schlösser in Dorf Tirol und Schenna genießen.

Mein Dank geht an David Holzner, der mich durch das Schloss Tirol und das zugehörige Südtiroler Landesmuseum für Kultur- und Landesgeschichte geführt und mir von Margaretes Leben im Mittelalter erzählt hat. Auch das wundervolle Schloss Schenna, den Stammsitz der Grafen von Meran in Tirol, durfte ich mir ansehen; an dieser Stelle noch einmal ein großes Dankeschön an Franz Graf von Spiegelfeld, der mich im kalten Dezember 2022 dort empfangen hat.

Reinhold Haller, der Obmann der Reenactmentgruppe „Niedertor und Gefolge“, hat mich am Fuß der Burg Maultasch in Terlan mit vielen wertvollen Informationen zu den mittelalterlichen Gepflogenheiten versorgt – herzlichen Dank hierfür, auch für die Einladung zur Veranstaltung „Tirol 1400“ im Margarethenwald bei Siebeneich.

Sehr bereichernd und spannend waren die Gespräche mit Dr. Martina Tauber, die mir viele Fragen zur Pathologie und Gerichtsmedizin beantworten konnte. Ohne sie wäre dieser Krimi um einige interessante Einblicke ärmer. Ich danke ihr an dieser Stelle von ganzem Herzen für ihre große Hilfe.

Christine und Hubert, Norbert, Andreas und Natz aus Dorf Tirol: Danke, dass ich bei euch sein durfte und ihr mir so vieles über euren wunderschönen Ort erzählt habt. Die Abende mit euch haben dem Roman echtes (Dorf-)Leben eingehaucht.

Das Johanneum gibt es als Schule schon lange nicht mehr, inzwischen liegt es leider brach. Ohne Gerhard Dureggers und Hannes Rechenmachers Zeitzeugenberichte hätte ich es wohl niemals geschafft, mir das Internatsleben so lebhaft vorzustellen. Danke für eure Zeit und Unterstützung.

Auch das Lehrlingsheim St. Josef in Bozens Stadtteil Haslach ist ein Lost Place. Ich danke an dieser Stelle von ganzem Herzen der Freiwilligen Feuerwehr Oberau-Haslach und insbesondere Markus und Herbert, die mir die Begehung ermöglicht haben.

Ein großes Dankeschön an den Verlag Edition Raetia in Bozen und insbesondere an Projektleiter Felix Obermair und an Katharina Preindl, die Ordnung ins Buch gebracht haben.

Und, *last, but not least*, vielen Dank an Dorothea Pomarolli vom Tourismusverein Terlan für das wunderbar passende Coverfoto.

Simone Dark

Literatur

Corinna Alber: „Unser Dorf Tirol", Tourismusverein Dorf Tirol, o. J.

Leo Andergassen: „Schloss Tirol. Residenzburg der Tiroler Grafen", Schnell & Steiner 2014

Lion Feuchtwanger: „Die hässliche Herzogin", Aufbau-Verlag 2021

Julia Hörmann-Thurn und Taxis (Hrsg.): „Margarete ‚Maultasch'. Zur Lebenswelt einer Landesfürstin und anderer Tiroler Frauen des Mittelalters", Universitätsverlag Wagner 2007

Ruth Laimer: „Dorf Tirol – Geburt, Heirat, Tod", Tappeiner 2001

Schenna – Dorfbuch 2022

Franz Spiegelfeld: „Schloss Schenna. Lebendige Vergangenheit entdecken", Schnell & Steiner 2014

Magnaboscos erster Fall

Streifenpolizist Filippo Magnabosco wird in die Bozner Mordkommission berufen. Er muss einen brutalen Frauenmord aufklären: Elfriede Tschurtschenthaler wurde vor ihrem Tod mit einer mittelalterlichen Zungenschere gefoltert! Während Magnabosco und seine Assistentin Carmela Pasqualina noch rätseln, verdächtigt Lokalreporter Schmalzl die geheimnisvolle Schriftstellerin Anne Marschall. Dem ersten Mord folgt ein zweiter ...

Simone Dark legt mit „Die Taten der Opfer" einen lesenswerten Kriminalroman vor, der von den besonderen Charakteren lebt und mit einem klaren, oft ironischen Sprachstil zu überzeugen weiß. Magnabosco und Pasqualina dürfen gerne in Serie gehen.
Thomas Gisbertz, krimi-couch.de

Simone Dark
Die Taten der Opfer
Ein Krimi aus Südtirol
ISBN: 978-88-7283-820-4
ISBN E-Book: 978-88-7283-824-2
224 Seiten
Euro 12,90 [I]; 14,90 [D/A]

SIMONE DARK
Von der
Autorin
der Erfolgsreihe
Der Bozen-
Krimi
EIN KRIMI AUS SÜDTIROL
DIE TATEN
DER OPFER
RÆTIA

Magnaboscos zweiter Fall

Simona, Winzerstochter aus dem Überetsch, ist verschwunden! Dabei hätte sie bald ihren Verlobten Hartwig heiraten sollen. Kommissar Magnabosco und Assistentin Pasqualina verfolgen ihre Spur bis ins Bergdorf Tiers am Fuße des sagenumwobenen Rosengartens. Je weiter die Ermittlungen voranschreiten, desto mysteriöser wird der Fall. Gleichzeitig scheint der berühmte Zwergenkönig Laurin wieder in den Dolomiten unterwegs zu sein …

Wer schon einmal das Leuchten des Rosengartens gesehen hat, wird von den Schilderungen der natürlichen Schönheit Südtirols in diesem Buch begeistert sein.
Leser:in, lovelybooks.de

Simone Dark
Der König von Tiers
Ein Krimi aus Südtirol
ISBN: 978-88-7283-854-9
ISBN E-Book: 978-88-7283-855-6
184 Seiten
Euro 12,90 [I]; 14,90 [D/A]

SIMONE DARK
DER KÖNIG
VON TIERS
Der zweite
Fall für
Magnabosco
& Pasqualina
EIN KRIMI AUS SÜDTIROL
RÆTIA

Simone Dark
Der Bozen-Krimi:
Familienehre
ISBN: 978-88-7283-857-0
ISBN E-Book: 978-88-7283-858-7
176 Seiten
Euro 12,90 [I]; 14,90 [D/A]

Simone Dark

Geboren 1982, aufgewachsen in Breisach am Rhein. Nach ihrem Studium in der Nähe von Mainz zog es sie nach Südtirol, wo sie bis heute lebt. Sie ist Autorin des Thrillers „Kaltes Weiß“ (2019).
Bei Edition Raetia veröffentlichte sie 2022 „Die Taten der Opfer“, den ersten Krimi rund um Filippo Magnabosco, sowie die beiden Bozen-Krimis „Verspieltes Glück“ und „Vergeltung“. 2023 folgten der zweite Magnabosco-Krimi „Der König von Tiers“ und der dritte Bozen-Krimi „Familienehre“.

www.simonedark.de